前言

寓言，被称为“智慧的花，哲理的诗”，它闪烁着人类智慧的火花，又充满诗意的美。它好像玫瑰花，给人以美的享受，但花茎上的刺又使人警醒反思。在世界文学宝库中，寓言是一颗独特而璀璨的明珠。

寓言文学在世界上有三大发源地：中国、印度、希腊。先秦是我国古代寓言的产生期和第一个繁荣期，是寓言文学兴盛的黄金时代。当时学术界空前繁荣，出现了“百家争鸣”的局面。在学术论争中，出现了用寓言故事表达政治主张、哲学思想的倾向。为了通俗而广泛地宣传自己的学说，各学派在吸取民间譬喻的基础上创作了大量的寓言故事，寓言成为战胜敌论的一种有效手段。这时的诸子百家著作，如《韩非子》《列子》《吕氏春秋》《孟子》《墨子》《晏子春秋》和《战国策》等均有丰富而精彩的寓言。就数量而言，先秦寓言的繁盛，也是世界寓言史上所罕见的。

先秦的诸子百家哲理寓言对我国文学的影响也是极为深远的。它们大大丰富了古代汉语，为后世文人进行文学创作提供了丰富的素材。这些哲理寓言，有的经岁月的沉淀成为格言、谚语或成语，为人们所常用；有的则千古流传，启迪着一代又一代。总而言之，先秦诸子百家哲理寓言无论在思想上、艺术上都达到了空前的高度，是我国寓言文学史上的一个高峰。

诸子百家哲理寓言往往给人以有益的启示和深刻的反思。在这些寓言中，深奥的生活哲理和道德教训变得通俗易懂。本书所编选的寓言故事都是诸子百家作品中的经典之作，如《守株待兔》《刻舟求剑》《狐假虎威》《拔苗助长》《愚公移山》等。我们衷心地希望这些寓言故事成为每一位读者人生路上的良师益友。

——《品读经典》编委会

经典品读

图文版

诸子百家智慧寓言

王力思◎编

孔庆东◎主编

吉林文史出版社

图书在版编目（CIP）数据

诸子百家智慧寓言 / 王力思编. -- 长春 : 吉林文史出版社, 2018.4
（品读经典系列 / 孔庆东主编）
ISBN 978-7-5472-4970-3

Ⅰ. ①诸… Ⅱ. ①王… Ⅲ. ①寓言—作品集—中国 Ⅳ. ①I277.4

中国版本图书馆CIP数据核字(2018)第058579号

ZHU ZI BAI JIA ZHIHUI YUYAN
诸子百家智慧寓言

编　　者	王力思
主　　编	孔庆东
总 策 划	马泳水
责任编辑	吴　枫　孙佳琪
装帧设计	中易汇海
开　　本	880mm × 1230mm　1/32
印　　张	9.5　　字数：170千字
版　　次	2018年4月第1版
印　　次	2021年1月第2次印刷
出　　版	吉林文史出版社
地　　址	长春市人民大街4646号　邮编130021
印　　刷	北京欣睿虹彩印刷有限公司

ISBN 978-7-5472-4970-3　　定　价：39.80元

序

古人说："刚日读经，柔日读史。"本来说的是什么时间读什么书，从侧面看来，我们的前辈多么勤奋，每日读书，并不留空闲。

在一个号召"全民阅读"的时代，如何阅读，阅读什么，成为新常态下的新课题。数千年来的文化传统和我们的祖先的经验告诉我们，那就是"阅读经典"。这套"品读经典"丛书，其旨趣、其志向，大概就是"打通"这样一个目标。

我也经常说，只有阅读经典著作，建立了平衡的知识结构，才能做到"风吹不昏，沙打不迷"。

古人又说，一日不读书，心源如废井。

在我看来，读书应该是日常生活的组成部分，就像呼吸空气那样。

我在北大附属实验学校的一次报告会上曾经谈过，要读书，读好书，也只有那些有独创思想的著作才能称为"书"，才可能成为经典。

经典书，也就是我们常说的"真正的书"，它应具有独特性、原创性、思想性。独特性就是与众不同，是自己独立思考的东西；原创性就是"我手写我心"；思想性就是必须加入自己个体的思考。

另外，经典书均为文史哲范围，因为这些书属于上游书，其思想辐射至其他专业。今天我们有几百个专业，它们并不是在一个平面上展开的。

我们要每天读点儿书，滋润自己的心灵。读书不是立竿见影之事，不能立马改变生活，它是个慢功夫。几天不读好像没什么，其实你已经落后了，而当你水平提高了又不容易下去。

对于个人来讲，我们把学到的知识用到实践当中，用到一点儿就足够我们享用一辈子了。表里不一对于国家来说是毁国家前途，对于个人来说是毁自己前途。很多人总是发明新道理，但是我觉得旧道理够用。

知道了之后再实践了，这才是真正的读书人。

古人言："读万卷书，行万里路。"

"读万卷书"是前提，"行万里路"是实践，把知识实际地运用。孔子讲的"忠、恕、仁"这几个概念，你能把它实践好就很不错了，懂了这些道理你读书就很快乐。有了这种精神状态之后，你就会持一个乐观的心态。读书最后还是为了自己，使自己成为一个乐观快活的人，让自己活在这个世界上特别有劲。

我们既要"行万里路"，也要"读万卷书"，更要读好书，读经典书。

著名学者汤一介先生说，一本好的经典，"可以启迪人们的思考，同时也告诉我们应该重视经典"，面对先贤的智慧，面对我们两千余年来的诸子百家、孔孟老庄，"我们必须谦虚，向经典学习"，也许这正是"品读经典"丛书出版的意义。

目录

善良与宽容篇 / 一

释鹿得人 / 二
廉颇请罪 / 三
好沤鸟者 / 六
林回弃璧 / 七
梦中受辱 / 八
杨布打狗 / 一一
穆公失马 / 一二
布衣之交 / 一三
铤而走险 / 一五
暗箭伤人 / 一六
疲于奔命 / 一八
邻家之父 / 一九

反省与欣赏篇 / 二一

邯郸学步 / 二二
一叶障目 / 二三
马夫之妻 / 二五
宾至如归 / 二七
外举不避仇
内举不避亲 / 二九
比肩继踵 / 三一
螳臂挡车 / 三三
东施效颦 / 三四
后生可畏 / 三五
不自量力 / 三六
讳疾忌医 / 三七

道不拾遗 / 三八
五十步笑百步 / 四〇
不识车轭 / 四二
逆旅二妾 / 四三
惩前毖后 / 四四
月攘一鸡 / 四五
高山流水 / 四六
赎越石父 / 四八
邹忌比美 / 五一

虚伪与真实篇 / 五三

滥竽充数 / 五四
挂牛头卖马肉 / 五五
以羊替牛 / 五六
狐假虎威 / 五八
邻人献玉 / 五九
宋王不信报 / 六二
不材之木 / 六三
尔虞我诈 / 六四
大义灭亲 / 六六
华而不实 / 六八
宣王之弓 / 七〇
涸泽之蛇 / 七二
涸辙之鱼 / 七三
齐王入朝于秦 / 七五
献鸠放生 / 七七
风马牛不相及 / 七八
举棋不定 / 八一
黄公嫁女 / 八三
仇由迎钟 / 八四
诗礼发冢 / 八六
乐羊的“忠心” / 八七
小吏烹鱼 / 八八
朝三暮四 / 八九

励志篇 / 九一

不受嗟来之食 / 九二
痀偻承蜩 / 九三
臧谷亡羊 / 九五
纪昌学射箭 / 九六
愚公移山 / 九八
子罕不受玉 / 一〇〇

品读经典

和氏璧 / 一〇一
列子家贫 / 一〇三
胯下之辱 / 一〇四
不食盗食 / 一〇八
孟贲不易勇 / 一〇九

求学篇 / 一一一

废寝忘食 / 一一二
不耻下问 / 一一三
两小儿辩日 / 一一五
锲而不舍 一一七
师文学琴 / 一一九
楚人学齐语 / 一二一
造父学驾车 / 一二二
轮扁论读书 / 一二四
郢书燕说 / 一二六
出类拔萃 / 一二七
列子学射 / 一二八
学 弈 / 一三〇
卫人教女 / 一三一

态度篇 / 一三三

出尔反尔 / 一三四
买椟还珠 / 一三六
安步当车 / 一三七
黎丘老人 / 一三九
金钩桂饵 / 一四一
田父献曝 / 一四三
白虹贯日 / 一四四
歧路亡羊 / 一四八
井底之蛙 / 一四九
割肉相啖 / 一五一
曹商舔痔 / 一五二
自食其力 / 一五三
燕人还国 / 一五四
杞人忧天 / 一五八
窃 疾 / 一五九
齐人偷金 / 一六〇
顾左右而言他 / 一六一
以金赎尸 / 一六三
随珠弹雀 / 一六四
吴王射猴 / 一六五

负隅顽抗 / 一六六
蜗角之战 / 一六七
从容不迫 / 一六九
贵在认真 / 一七一
子路问津 / 一七三
唇亡齿寒 / 一七四
余桃啖君 / 一七八
实心葫芦 / 一八〇

智慧篇 / 一八三

神龟的智慧 / 一八四
狡兔三窟 / 一八六
按兵不动 / 一八九
出奇制胜 / 一九一
兵不厌诈 / 一九三
鹬蚌相争 / 一九五
不死之药 / 一九七
卞庄子刺虎 / 一九八
楚王葬马 / 一九九
宋之富贾 / 二〇二
拔苗助长 / 二〇三
畏影恶迹 / 二〇四
烤肉治罪 / 二〇五
曾参杀人 / 二〇七
自相矛盾 / 二〇八
杀鸡焉用牛刀 / 二〇九
分崩离析 / 二一〇
二桃杀三士 / 二一二
玉器和瓦罐 / 二一五
鞭长莫及 / 二一六
齐威王的礼物 / 二一九
新媳妇 / 二二一
郑武公伐胡 / 二二三

创造力篇 / 二二七

郑人买履 / 二二八
刻舟求剑 / 二二九
毛遂自荐 / 二三一
楚人涉雍 / 二三三
防龟手的药 / 二三四
千金买首 / 二三六

引婴投江 / 二三七
抱瓮老人 / 二三八
马价十倍 / 二四一
新裤与旧裤 / 二四二
鲁侯养鸟 / 二四四

成功篇 / 二四五

驼鹿落网 / 二四六
飞必冲天，鸣必惊人 / 二四六
量体裁衣 / 二四八
鹏程万里 / 二四九
庖丁解牛 / 二五〇
施氏与孟氏 / 二五一
南辕北辙 / 二五二
居安思危 / 二五三
望洋兴叹 / 二五五
病入膏肓 / 二五八
稷之马将败 / 二五九
九方皋相马 / 二六〇
鬼斧神工 / 二六三
狗恶酒酸 / 二六四
从善如流 / 二六五
混沌开窍 / 二六七
竭泽而渔 / 二六八
扶摇直上 / 二六九
詹何钓鱼 / 二七一
旷日持久 / 二七三
守株待兔 / 二七五
多行不义必自毙 / 二七六
心不在马 / 二七八
老马识途 / 二七九
冒天下之大不韪 / 二八一
抱薪救火 / 二八三
欹器的启示 / 二八五
纪渻子养斗鸡 / 二八六
携技去越 / 二八七
释车而走 / 二八八

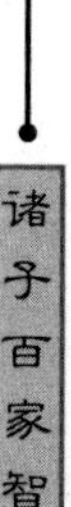

善良与宽容

莎士比亚说：『善良的心地就是黄金。』

雨果说：『世界上最宽阔的是海洋，比海洋更宽阔的是天空，比天空更宽阔的是人的心灵。』

善良是一种真，宽容是一种美。

释鹿得人

孟孙猎得鹿，使秦西巴持之归，其母随之而啼，秦西巴弗忍而与之。孟孙归，至而求鹿，答曰：“余弗忍而与其母。”孟孙大怒，逐之，居三月，复召以为其子傅。其御曰：“曩将罪之，今召以为子傅，何也？”孟孙曰：“夫不忍鹿，又且忍吾子乎？”

——韩非《韩非子·说林上》

一次，鲁国国君孟孙带随从进山打猎，臣子秦西巴跟随左右。打猎途中，孟孙活捉了一只可爱的小鹿，他非常高兴，便下令让秦西巴先把小鹿送回宫中，以供日后玩赏。

秦西巴在送小鹿回宫的路上，突然发现有一只大鹿在后面跟着，还不停地哀号。大鹿一号叫，小鹿便应和，叫声十分凄惨。秦西巴明白了，这是一对母子。这对鹿母子的深情让他实在不忍把小鹿带走。于是，他就把小鹿放了。

孟孙打猎归来后，秦西巴把放走小鹿的事告诉了他。孟孙顿时火冒三丈，一气之下将秦西巴赶出了宫门。

过了一年，孟孙的儿子到了念书的年龄。孟孙想要为儿子找一位好老师。他突然想起了一年前被自己赶出宫去的秦西巴，便立即命人去寻找他，并把他请回宫，拜他为太子的老师。

臣子们对孟孙的做法很不理解，他们问道：“秦西巴当年自作主张，放走了大王钟爱的鹿。您现在为什么还要请他当太子的老师呢？”孟孙笑了笑说：“秦西巴不但学问好，更有一颗仁慈的心。他对一只小鹿都能生出怜悯之

心，更何况对人呢？有他当太子的老师，我就放心了。”

名家典籍

《韩非子》阐释韩非法、术、势相结合的法治理论，是先秦法家学派的集大成之作。

慧言箴语

秦西巴的仁慈之心终于被孟孙所理解，并因此被再次起用。可见，一个人的善良之心是很重要的，能为自己赢来他人的信任。

廉颇请罪

相如曰："夫以秦王之威，而相如廷叱之，辱其群臣，相如虽驽，独畏廉将军哉？顾吾念之，强秦之所以不敢加兵于赵者，徒以吾两人在也。今两虎共斗，其势不俱生。吾所以为此者，以先国家之急而后私仇也。”

——司马迁《史记·廉颇蔺相如列传》

战国时期，赵国的蔺相如是个能言善辩之人，他几次随同赵王会见秦王，都凭着自己的大智大勇和慷慨陈词，令骄横霸气的秦王敬畏三分，因此很受赵王器重和赏识，以至官至上卿，职位在老将军廉颇之上。

廉颇是个久经沙场、战功卓著的将军，见蔺相如官位比自己高，很不服气，扬言说："我为赵国出生入死，建

负荆请罪

功无数。区区一个蔺相如，出身低微，仅凭三寸不烂之舌，职位就在我之上，这是我的耻辱！我若见到他，定要当着众人的面好好羞辱他一番。”蔺相如听说后，不论出行还是上朝，总是有意地躲开廉颇。

一次，蔺相如坐车在大街上前行，看见廉颇的马车迎面而来，他立即命人将自己的车拐进了一条小巷，直到廉颇的马车过去了，他才从小巷出来继续前行。蔺相如的随从们忍不住问他：“您为何如此怕他？”蔺相如笑了笑，反问他们：“你们说秦王和廉颇谁厉害？”随从们说：“当然是秦王厉害了。”蔺相如说：“既然我连秦王都不怕，怎么会怕廉将军呢？”随从们说：“那您为何总是躲着他？”蔺相如说：“我有意躲避廉将军，是不想和他发生冲突，是以国家利益为重啊！秦国是因为赵国有我和廉将军才不敢侵犯我们的，如果我们两人相争，那就好比两虎相斗，必有一伤，赵国的力量会大大削弱，那样秦国就会乘机攻打我们，我躲避廉将军是为赵国着想啊！”

廉颇听说此话后，大受感动。他想到自己对蔺相如不恭的言语和行为，十分羞愧，就脱掉上衣，露出肩膀，背着荆条，到蔺相如府上请罪。蔺相如见状，赶忙扶起老将军。此后，他们二人冰释前嫌，一心为国，建立了生死不渝的友情。

慧言箴语

在人际交往中，不要只注重一己私利，要扫除报复之心和嫉妒之念，胸襟要博大，尤其在事关大局时，必须克己忍让，宽容大度。

好沤鸟者

海上之人有好沤鸟者，每旦之海上，从沤鸟游，沤鸟之至者百住而不止。其父曰：“吾闻沤鸟皆从汝游，汝取来，吾玩之。”明日之海上，沤鸟舞而不下也。

——列子《列子·黄帝》

从前，在东海岸边住着一个年轻人，这个年轻人很喜欢海鸥，海鸥也很愿意亲近他。每当他摇船出海的时候，总有一大群海鸥跟随在他的四周，或在空中盘旋，或落在他的肩上，自由自在地与年轻人嬉戏玩耍，人鸟之间相处得十分和谐。

年轻人的父亲知道了这件事，就对他说：“人家都说海鸥跟你很要好，对你毫无戒备，你明天抓几只给我玩玩。”年轻人说：“这还不简单？”

第二天，年轻人早早地摇船出海，他焦急地等待着海鸥的到来。可是，那些海鸥似乎看出了他别有用心，只是在他头上盘旋，却不肯落到他的身边。年轻人伸手一抓时，海鸥们就“呼”的一声全飞走了。

慧言箴语

与人相处要以善良和真诚为前提，如果心怀鬼胎，背信弃义，那么朋友必会离你而去。

林回弃璧

林回曰："彼以利合，此以天属也。"夫以利合者，迫穷祸患害相弃也；以天属者，迫穷祸患害相收也。

——庄子《庄子·山木》

有一年，周朝的一个诸侯国灭亡了。亡国的人们纷纷逃亡。在逃亡的人中有个叫林回的，为了背着自己刚出生的婴儿逃难，舍弃了价值千金的玉璧。

孩子哇哇地哭个不停，旁人听见了，都很不理解林回的做法。有个人问林回："你是为了金钱吗？如果是为了金钱，一个婴孩显然没有那块玉璧值钱；如果不是为了钱，可你为什么要背着个还没断奶的孩子跑呢？"另一个人说："背着一个吃奶的婴儿多拖累啊，你的眼光太不长远了。国难当头，逃命才是第一位的。你却舍弃宝玉，背着一个婴儿逃跑。万一逃不出去，你可能连自己的命也搭上了。"林回说道："那块宝玉是因为值钱，才和我有关联；而这孩子是我的亲生骨肉，和我的感情是永远连在一起的，无论如何也割不断啊！"

因为金钱而结合在一起的东西或人，遇到灾难或祸害，就会互相抛弃；因为骨肉情义结合在一起的东西或人，遇到患难也会相依为命。互相抛弃与互相依存，实在是相差很远啊！

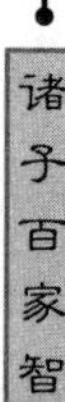

名家典籍

庄子，名周，战国时期道家的代表人物，也是优秀的文学家、哲学家。其代表作《庄子》阐发了道家思想的精髓。

慧言箴语

一个仁慈善良的人，在面对财富与亲情的选择时，会毫不犹豫地选择后者。因为和金钱挂钩的利益关系难以经受住患难的考验，只有人与人之间的亲情和友谊才是长久和永恒的。

梦中受辱

齐庄公之时，有士曰宾卑聚，梦有壮子，唾其面，惕然而寤，徒梦也。明日召其友而告之曰：“吾少好勇，年六十而无所挫辱。今夜辱，吾将索其形，期得之则可，不得将死之。”每朝与其友俱立乎衢，三日不得，却而自殁。

——吕不韦《吕氏春秋·离俗》

春秋时期，齐国有个武士叫宾卑聚，他为人很勇敢，总把自己打扮成侠客的样子，腰间佩带一把宝剑，在街上耀武扬威。人们从来不去招惹他，见到他都远远地躲开。为此，他更加以为自己很有威严，很受敬重。

一天夜里，他梦见了一个身材魁梧的壮士，头戴白色绢帽，身穿绸衣，脚穿白色缎鞋，还佩带着一把宝剑。这

梦中受辱

个壮士走到宾卑聚面前，大声地呵斥他，还朝他脸上吐了一口唾沫。

宾卑聚从没受过这种侮辱，一急就从梦中惊醒了，醒来才发现是个梦。尽管这样，他还是非常气愤，感觉自尊心受到了强烈的挫伤。

于是，第二天一大早，宾卑聚就把朋友们都请来，向他们讲述了自己的梦。然后他对朋友们说：“我自幼崇尚勇敢，60 多岁了还从没受过任何欺凌侮辱。如今，我在梦中受到如此屈辱，实在咽不下这口气。我一定要找到那个在梦中骂我，并向我吐唾沫的人。如果三天之内找到他，我就要报这个仇；如果三天之内还找不到他，我就没脸面活在世上了。”

于是，宾卑聚和他的朋友们来到了行人过往频繁的道路上，寻找那个在梦中骂他的人。可是，三天过去了，他们并没有找到宾卑聚梦见的那个人。宾卑聚气馁地回到家中，长长地叹了一口气，然后拔剑自刎了。

名家典籍

吕不韦曾任秦相，秦始皇称其为仲父。吕不韦为相期间，门下食客三千。他命门客“人人著所闻”。《吕氏春秋》由此汇编而成。

慧言箴语

宾卑聚气量狭小，竟然愚蠢到对一个梦耿耿于怀，最后含恨自杀的地步。故事告诫我们，为人要宽宏大量，否则，伤害的是自己。

杨布打狗

杨朱之弟曰布，衣素衣而出。天雨，解素衣，衣缁衣而反。其狗不知，迎而吠之。杨布怒，将扑之。杨朱曰：“子无扑矣，子亦犹是也。向者使汝狗白而往，黑而来，岂能无怪哉？”

——列子《列子·说符》

杨朱是战国著名的思想家。他有个弟弟叫杨布。

有一天，杨布穿了件白色的衣服出门去了。不久，天上下起大雨，他就把白色的衣服脱了下来，穿着里面的黑布衣回家。

刚走到家门口，他家的狗就迎上去，对着他汪汪大叫。杨布非常恼火，拿了根棍子就要去打狗。

杨朱听见声音从屋里跑出来，说：“你快不要打狗了，它是因为认不出你了才大叫的。你自己有时也会这样。你想想，如果你的狗出去的时候是一身白毛，回来的时候变成了一身黑毛，你能不感到奇怪吗？”

杨布冷静地思考了一会儿，觉得哥哥讲得有道理，就扔掉了手中的棍子。

名家典籍

列子，名寇，又名御寇，战国时期道家学派代表人物，著有《列子》一书。《列子》，今仅存《汤问》《说符》《天瑞》等8篇。

慧言箴语

看问题时要注意认清实际情况，如果被假象迷惑，忽视情况的变化，就很容易做出错误的判断。另外，故事还告诉我们，对于不如意的事，不要轻易埋怨和责备别人，要善于从自身查找原因或进行换位思考，这样就不难宽容和理解别人了。

穆公失马

秦穆公乘马而车为败，右服失而野人取之。穆公自往求之，见野人将食之于岐山之阳。穆公叹曰："食骏马之肉，而不还饮酒，余恐其伤汝也。"

——吕不韦《吕氏春秋·仲秋纪·爱士》

春秋时期，有一次秦穆公到外地去巡游。走在半路上车子坏了，驾车的马也趁机跑掉了。

穆公为了找那匹马，一直追到岐山南面。这时，他看见一群人正在宰杀他的马，还七嘴八舌地议论着马肉的吃法。穆公看见了并没有生气，而是走过去关切地对那些人说："只吃马肉而不喝酒，是会伤害身体的。我担心你们吃了马肉会伤害自己啊！"于是，穆公向他们一个一个地劝酒，然后才离开。

一年以后，秦国和晋国在韩这个地方交战。晋军把秦穆公的战车团团包围住了。晋国的士兵紧紧地拉住了穆公战车上的马，眼看就要把穆公擒住了，情况十分紧急。就在这时，曾经吃过穆公马肉的300多人，不顾性命地一拥而上，保护穆公，并同晋军浴血奋战，最终打败了晋军，并生擒了晋惠公。

慧言箴语

一个人如果宽容大度，能够原谅别人的过失，以德报怨，那么终究会得到别人的帮助和爱戴。

布衣之交

卫君与文布衣交，请具车马皮币，愿君以此从卫君游。

——刘向《战国策·齐策》

战国时期，齐国公子孟尝君的一个门客爱上了孟尝君的一个宠妾。虽然这事没留下什么真凭实据，但是已经闹得沸沸扬扬了。

有人对孟尝君说："这个人的人品实在是太差了，他做你的门客却对你的姬妾心怀不轨，这样的人太不讲道义，根本就不能留他在世上。"可是孟尝君却说："看见漂亮的女人心生爱慕是人之常情，也没有什么特别不可原谅的，这事就这样吧，以后就不要再提了。"这些话后来传到了那位门客的耳朵里，他十分惭愧，同时对孟尝君的宽容心怀感激。

过了一年多，孟尝君找来那位门客，对他说："您到我这里来已经有一段时间了，您的才华我是知道的，但是我这里没有适合您的官职，让您做个小官又委屈了您。这样吧，卫国的国君跟我是布衣之交，在他还没有显贵的时候，我们的关系就已经很好了。我向卫君推荐您，您带上一些车马礼物，去投奔他吧。有我这层关系，他会很好地对待您的，您的才华也会得以施展，说不定还能够身居高位呢！”门客答应了。因为是孟尝君推荐来的，所以他很受卫君的器重，还做了卫国的大官。

后来，齐、卫两国关系恶化，卫君想趁机联合其他几国进攻齐国。这个人知道后，就对卫君说：“孟尝君不知道我是个无德无才的人，把我推荐给大王您。如今大王这样器重我，有几句话我不能不说。齐、卫两国的先君，曾经杀牛宰羊，盟誓说：‘齐、卫两国后世永远不互相攻伐，如果谁那样的话，那么他的下场就像这牛羊。’现在大王要联合各路诸侯去攻打齐国，您这是有违先君盟约的，而且也对不起曾经帮助过您的孟尝君。希望您能放弃这个想法，这对齐、卫两国和大王您都有好处。今天如果大王能接受我的意见那最好不过；如果不能，我就只好以死相谏，用我的热血染红大王的衣襟，以报孟尝君对我的知遇之恩！”说完，就拔出宝剑准备自刎。

卫君听完慌忙拦住他说：“先生千万不可如此！您这样珍惜故交，我怎么能不顾朋友之谊呢？我答应您就是了。”于是，卫君下令撤军，齐、卫两国又重新和好。

后来齐国人知道这件事情，都说如果不是当初孟尝君对那个门客宽宏大量，就不会有齐国今天的转危为安！看来对人宽容一些是没有坏处的。

慧言箴语

当孟尝君听说自己招纳的门客爱上了自己爱妾的时候，他大度地原谅了那个人，并且举荐他到卫国去做官。正是孟尝君的宽容赢得了人心，也为齐国赢得了宝贵的和平，这都是孟尝君结交益友、善待他人的结果。我们在日常生活中也应该学会宽容别人，宽容别人就是在善待自己。

铤而走险

“鹿死不择音（荫）。”小国之事大国也，德则其人也，不德则其鹿也，铤而走险，急何能择！

——左丘明《左传·文公十七年》

春秋时期，各诸侯国之间的战争非常频繁，那些小国常受大国的欺负，处境往往比较危险。但动荡的时局使这些小国根本无法确定自己到底可以投靠哪个国家。

公元前610年，为了与楚国争霸，晋灵公与各诸侯国国君在扈地会盟。其间，晋灵公误以为郑国对晋国不满且私下与楚国勾结，便不同郑国国君见面。郑国公子归生为此向晋国执政大臣赵盾写了一封表示修好的信。归生在信中说道：“我们郑国一直都很尊重贵国，也愿意一直维持两国的友好局面。我们从来没想得罪贵国，可是贵国仍然对我们不满意，这让我们很为难啊。这就好比一头鹿在被猎人追赶时一心想要逃命，那它就会飞快地奔跑。如果到了无路可走的境地，这头鹿就会跑到更加危险的地方。因为它满心只想着活命就不顾其他的了，哪里有多余的时间去选择安全的地方呢？现在，我们就像一头被追赶的鹿一样。如果贵国把我们逼得无路可走的话，我们只能铤而走险投奔楚国去求得他们的保护；或者我们会召集全国的兵力，在边境上等着贵国的大军到来。”归生的信写得入情入理，晋国由此改变了对待郑国的态度。

慧言箴语

俗话说：“兔子急了能咬人”。平日与人相处，我们要本着与人为善之心，得饶人处且饶人，切莫时时刻刻摆出一副痛打“落水狗”的姿态，逼人铤而走险，以至让自己引火烧身，追悔莫及。

暗箭伤人

郑伯使卒出猳，行出犬鸡，以诅射颍考叔者。

——左丘明《左传·隐公十一年》

春秋时期，郑庄公手下有两位宠臣，一个是以仁孝闻名天下的老将军颍考叔，另一个是英俊潇洒的青年将军公孙子都。

当年，颍考叔还是一个小官时，去觐见郑庄公。郑庄公赏赐他饭食，他把肉片放在一边舍不得吃。庄公很奇怪，颍考叔说：“我有个老母亲，从来没吃过您赏赐的肉食，请允许我拿回家敬奉我的母亲。”郑庄公听了十分感动。

春秋时代的礼法规定：肉食一般用于祭祀，连贵族平时宰杀牛羊都受到限制，普通人就更难以尝到肉味了，所以颍考叔才如此珍惜那几片肉。郑庄公对颍考叔的仁孝之举非常赞赏，认为他德才兼备，便提升他为将军。

公孙子都是天下第一美男子，很受郑庄公的宠爱。孟子曾赞扬他说："不知道公孙子都长得好看的人，就是没长眼睛的。"公孙子都平时恃宠骄横，又武艺高强，箭术高超，百发百中，无人可比，他一直对颍考叔非常不服气，总想显示自己更有才干。

有一年，郑国得到了鲁国和齐国的支持，计划讨伐许国。

这年夏天的五月，郑庄公在王宫前检阅部队，发派兵车。但是颍考叔和公孙子都却为了争夺兵车吵了起来。颍考叔是一员勇将，拉起兵车转身就跑；公孙子都向来目中无人，拔起长戟飞奔追去。等他追上大路，颍考叔早已不见人影了。公孙子都因此怀恨在心。

到了秋天，郑庄公正式下令攻打许国。郑军逼近许国都城，攻城的时候，颍考叔奋勇当先，爬上了城头，指挥士兵攀上城墙，眼看就要攻破城门。公孙子都看见颍考叔就要立下大功，心里非常嫉妒。他觉得这么大的功劳不能让颍考叔一个人占了，于是抽出箭来对准颍考叔的后背就是一箭。颍考叔当时一心只顾攻城，没有料到后面会射来暗箭，只见这位勇敢的老将军一个跟斗摔了下来，气绝身亡。另一位将军瑕叔盈还以为颍考叔是被许国的士兵杀死的，连忙拾起大旗，指挥士兵继续战斗，终于把城攻破。郑军全部入了城，许国的国君许庄公逃到了卫国，于是，许国的国土便并入了郑国的版图。

虽然郑庄公后来知道是公孙子都射死了颍考叔，但怎么也狠不下心来严厉惩罚他。同时，郑庄公又觉得如果不惩罚那个暗害颍考叔的人，自己心里实在是过意不去，左右为难之下，郑庄公只好在颍考叔灵前拜祭，诅咒那个暗箭伤人的卑鄙小人不得好死。

慧言箴语

颍考叔不仅武功盖世，而且孝敬父母，应该得到天下人的爱戴和尊重。相比之下，公孙子都虽然长得英俊潇洒，武艺高强，但他好胜心太强，为了争功，竟然暗箭伤人，应该受到天下人的唾骂。这样的人功勋再高，也只能算是小人。

疲于奔命

余必使尔罢于奔命以死。

——左丘明《左传·成公七年》

有一次楚国战胜宋国，大将子重希望楚庄王能把楚国北部的两处地方赏给他。但大臣申公巫臣极力反对。结果，楚庄王没将这地赏出去，为此子重非常恼恨巫臣。一个叫子反的大臣，很想娶夏姬，但巫臣说夏姬命不好，不能娶。可后来巫臣自己却娶了夏姬，然后逃到晋国去了。这件事使子反对巫臣也恨之入骨。

楚庄王死后，楚共王即位。这时巫臣已在晋国当了大

夫。子重和子反为了报仇，合伙诛灭了巫臣的家族。巫臣得知后，决心复仇。他托人捎了一封信给子重和子反：“我一定要叫你们忙碌奔走，疲敝而死！”为了报仇，巫臣带着战车和军士离开晋国，来到吴国，帮助吴军兵士训练，吴国的军事力量很快得到了提高。接着巫臣又鼓动吴人反抗楚国，唆使吴王派军队侵袭楚国边境。于是吴军不断出兵，逐个击破楚国东边的属国。

吴国对楚国的边境构成了严重威胁，告急文书不断传到楚国都城。楚王每次接到告急文书，便派子重、子反率军前往救援。一年之中，两人率领大军往返奔波，竟达七次之多，被弄得筋疲力尽，而巫臣也终于达到了复仇的目的。

慧言箴语

巫臣和子重、子反为了报复，都在设计陷害着对方。到头来，巫臣的家族被灭，子重、子反也落了个疲于奔命的下场。但是，如果他们能放下怨恨，以一颗宽容的心原谅对方，这对他人、对自己都是一种解脱。

邻家之父

有人于此，其子强梁不材，故其父笞之。其邻家之父举木而击之，曰：“吾击之也，顺于其父之志。”则岂不悖哉？

——墨子《墨子·鲁问》

从前有一个人，他的儿子凶暴强横、不学无术。他常常因为儿子不成器而生气发火。这一天，儿子又惹是生非了，于是他就用鞭子狠狠地抽儿子。

当时，邻居一位做父亲的也在场。可谁知，邻家这位父亲不但没有劝阻，反而也举起棒子来，帮着邻居打儿子。他一边打，还一边说："我打你，是顺着你父亲的意愿。"

这种做法，难道不荒谬可笑吗？

慧言箴语

这篇寓言是说，不要盲目地火上加油，做好事要有分寸，不要帮倒忙。善良的想法要用在正地方，用错了地方反倒成了坏事，贻笑大方。

反省与欣赏

反省是一种能力，是修正自身缺点与错误的一种方法。

欣赏是一种修养，一种智慧，一种沟通与理解，一种信任与祝福。

邯郸学步

且之独不闻夫寿陵余子之学行于邯郸与？未能国得，又失其故行矣，直匍匐而归耳。

——庄子《庄子·秋水》

战国时，燕国的寿陵之地有个年轻人。他总是见什么学什么，学一样丢一样，虽然花样翻新，却始终未能做好一件事。有一天，他竟然嫌自己走路的姿势难看，想学习一下别人的走路姿势。他听说邯郸人走路的姿势十分优美，就千里迢迢地跑去学习。

到了邯郸以后，他认为那里人的走路姿势优雅至极，

一举一动都显示着高贵。他连忙跟着路上的人学起走路来。人家迈右脚，他也迈右脚；人家迈左脚，他也迈左脚。看到小孩走路，他觉得活泼，跟着学；看见老人走路，他觉得稳重，跟着学；甚至看到妇女走路，摇摆多姿，他也学。可是他因为被以前的老走法左右，所以学了很久也学不会新走法。于是他决定彻底抛弃老走法，一心学习新走法。他每迈一步都仔细推敲下一步的姿势。可是好几个月过去了，他还是没能学会邯郸人的走路姿势，反而把自己原来的走路姿势忘得一干二净。最后，他不得不爬着回燕国了。

名家典籍

《庄子》一书，汉代著录为52篇，现存33篇。《庄子》和《周易》《老子》一起并称为“三玄”。

慧言箴语

勇于向别人学习是好的，但不应盲目模仿、生搬硬套，否则不但学不到别人的优点，反而会把自己的优点和本领也丢掉。

一叶障目

一叶障目，不见泰山；两耳塞豆，不闻雷霆。

——鹖冠子《鹖冠子·天则》

楚国有个书生，家境贫困，又很懒散。有一天，他读《淮南子》这部书时，看到书上有这样的记载：螳螂用树叶遮住自己的身体时，其他的小昆虫就看不见它。要是人能得到那片树叶，就能隐藏自己的身体了。看完后，他很受启发，梦想着能够找到那片叶子。他以为找到那片叶子，用树叶遮住身体，就谁也看不见自己了，这不正好可以去集市上白拿自己想要的东西了吗？于是，他就去树林中找这种叶子，可是找了半天也没找到。

忽然，他看见一片树叶下面藏着一只螳螂。他高兴极了，赶紧爬上树，准备采那片叶子。刚巧，一阵风吹过来，树叶纷纷飘落，他要采的那片叶子也落到了地上。地上的叶子太多，他分辨不出哪片树叶是螳螂藏身的，就干脆脱下衣服，把地上的树叶都包了回去。

回家之后，他一片一片地拿起树叶遮住自己，问妻子："你能看见我吗？"起初，妻子总是说："看得见。"后来，妻子不耐烦了，就说："看不见了。"他听后高兴地嘿嘿傻笑起来。

他拿着那片叶子上了集市。集市上什么东西都有。书生用树叶遮着自己的眼睛，以为别人看不见他了，就伸手去拿人家的东西，结果被人当场抓获，并送到了县衙门。

县官问他："光天化日之下，你竟敢当众偷东西，该当何罪？"书生忙说："我本来找到了一片能隐身的树叶，用它遮住自己，什么都看不到了才去拿人家的东西的。可这片树叶为什么突然就失效了呢？"县官听了忍俊不禁，对他教育了一番，没有治他的罪就把他放了。

名家典籍

鹖冠子，春秋时期楚国人。其所著的《鹖冠子》在《汉书·艺文志》中被列为道家著作。

慧言箴语

寓言既讽刺了像楚人一样，妄想用一片树叶来掩盖自己的不光彩行为、利欲熏心、自欺欺人的蠢人，还告诫人们不要被眼前细小、局部的事物所蒙蔽，否则就看不到事物的本质和整体了。

马夫之妻

晏子为齐相，出。其御之妻，从门间而窥其夫为相御，意气扬扬，甚自得也。既而归，其妻请去。妻曰："晏子长不满六尺，身相齐国，名显诸侯。今者妾观其出，志念深矣，常有以自下者；今子长八尺，乃为人仆御，然子之意，自以为足，妾是以求去也。"

——司马迁《史记·管晏列传》

晏子是齐国的宰相。一天，马夫载着他外出办事，经过闹市的时候，正好被马夫的妻子看见了。马夫的妻子看见丈夫坐在马车上，洋洋得意，神气活现，把马鞭挥得很响，好不张扬。妻子很生气。

马夫回到家里，见妻子正收拾东西，要离开他。马夫急了，连忙问妻子原因。妻子说："晏子虽然身高不到六尺，

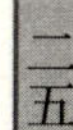

马夫与妻

但毕竟是堂堂宰相，名闻诸侯。可是今天我看他坐在马车上，低头沉思，神情谦虚，毫不故作尊贵；而你虽身高八尺，但只不过是个马夫，却不知道谦虚，赶车时的样子竟那么趾高气扬，就好像你是宰相一样。我不愿和这么骄傲自大的人过日子！”马夫听完后，知道了自己的毛病，羞愧不已。

从此以后，马夫十分检点自己的行为举止。慢慢地，他终于改掉了那个坏毛病。对马夫的变化，晏子感到有些奇怪，于是便问他是什么原因使他的态度转变得这么快。马夫以实相告。晏子称赞这个马夫能够从善如流，后来推荐他当了大夫。

名家典籍

晏子，名婴，字平仲，历任齐灵公、庄公、景公三朝大夫，是春秋后期一位重要的政治家、思想家。

慧言箴语

人贵有自知之明，无论什么时候都不能依仗别人的势力耀武扬威、骄傲自大，应该谦逊平和，摆正自己的位置。

宾至如归

宾至如归，无宁灾患，不畏盗寇，而亦不患燥湿。

——左丘明《左传·襄公三十一年》

春秋末期，子产（即公孙侨）担任郑国国相，执政长

达二十年。他是一位杰出的外交家，多次出使列国，都很好地完成了使命。

公元前 542 年，子产陪同郑简公出访晋国。那时，正逢鲁襄公逝世，晋平公便摆起大国君主的架子，借口为鲁国国丧志哀，停止朝会（即停止办公），不出来迎接他们。子产就命令随行人员，把晋国馆舍的围墙拆掉，然后就带着车马住了进去。

晋国的司空士文伯得到消息后，大吃一惊，立刻赶到馆舍，很有礼貌地问子产："我国为了防止盗贼，保证各路诸侯来宾的安全，所以才建造了馆舍，筑起了厚厚的围墙。现在你把围墙拆了，以后各路宾客们的安全该谁负责？况且我国君主是盟国的盟主，各诸侯国前来拜访的宾客特别多，倘使大家都学你这样动辄就拆墙，那我们可怎么侍候啊？能告诉我你为什么这样做吗？"

子产答道："我们郑国是个小国，需要向大国进献贡品，所以这一次我们从本国搜罗财物前来进献。现在，恰逢贵国国君没有工夫见我们，而且也不知道什么时候才可以见到国君，我们又不能擅自把财物送往你们的国库，事实上你们的国库都满满的了；我们也不敢把礼品就这样露天放着，因为这样，东西很容易受潮，或者晒坏，或者被虫蛀蚀，那我们岂不是更要得罪贵国了？

"我听说你们晋文公当盟主的时候，接待诸侯来宾可不是这个样子的。那时晋文公的宫廷修造得很简陋，完全没有亭台楼阁，却特意把接待使者的馆舍建造得宽敞漂亮，像王宫一样，道路也修整得平平坦坦的。冬天客人一到，火就马上生好，招待得热情周到，车马也都有地方安顿，客人来到这里，就好像回到自己家里一样，无灾无忧。客人能把事情顺利快速地办完，很快就走了，既不怕盗贼，也不愁礼物潮干虫蛀。如今你们的离宫宽广数里，馆舍却像奴隶住的房屋，门口窄小得连车子都进不来，治安和卫生也都很差，客人来了，不知什么时候才能得到接见。我们如果不把围墙拆掉，这些进献给贵国国君的礼品该怎样收藏保存呢？”

士文伯听了子产的一番话，连忙回去向晋平公如实禀报。晋国的国相赵文子说：“确实是这样。我们自己先理亏了，拿奴隶住房似的馆舍去接待诸侯，这的确是我们的过错啊。”

于是晋平公就派士文伯去赔礼道歉，承认自己失职，没有把事情办好。他还隆重地接见了郑简公，摆设了盛大的酒宴款待郑国客人，还回赠了丰厚的礼物并且立即下令重建馆舍。

慧言箴语

先要对别人礼仪周到，热情招待，才能获得别人同样的尊敬。如果自己都不尊重对方，没有风度，无礼怠慢客人，对方也一定会看轻你的。“宾至如归”不光是一种待客之道，也是一项为人处世的准则，尊重别人的同时就是在尊重自己。

外举不避仇，内举不避亲

晋平公问于祁黄羊曰：“南阳无令，其谁可而为之？”

祁黄羊曰："解狐可。"平公曰："解狐非子之仇邪？"对曰："君问可，非问臣之仇也。"……孔子闻之曰："善哉，祁黄羊之论也！外举不避仇，内举不避子，祁黄羊可谓公矣。"

——吕不韦《吕氏春秋·去私》

晋平公问祁黄羊："南阳缺一个县令，你看谁能当？"祁黄羊说："解狐可以。"晋平公很吃惊，问："解狐不是你的仇人吗？你为何推荐他？"祁黄羊笑着说："您问的是谁能当县官，不是问谁是我的仇人啊。"晋平公派解狐做了县官，解狐果然把南阳治理得很好。

几天后，晋平公又问祁黄羊："朝廷里缺一个军尉，你看谁能担任？"祁黄羊说："祁午可以。"晋平公又觉得奇怪，说："祁午不是你的儿子吗？"祁黄羊说："祁午是我的儿子，可您问的是谁能去当军尉，而不是问谁是我的儿子。"晋平公于是又派祁午当了军尉，祁午果然能够公正执法。

孔子听说后，称赞道："祁黄羊推荐人才，对外不计较仇人，对内不回避亲生儿子，真是大公无私啊！"

慧言箴语

祁黄羊在推举人才时，只注重才能，而不看其与自己的关系。他的这种不计私仇、处事公正的坦荡胸襟，值得赞扬。

比肩继踵

齐之临淄三百闾，张袂成阴，挥汗成雨，比肩继踵而在，何为无人？

——《晏子春秋·杂下》

春秋后期，楚国雄踞南方，成为南方最强大的诸侯国，因此有许多比较弱小的诸侯国前来结盟。但是楚王仗着自己国势强盛，每次都想显示一下自己的大国风范，老是借机为难各国来楚的使节。

齐国与楚国相隔不远，为了国家的长治久安，齐国也与楚国结了盟。

有一次，齐王派大夫晏婴出使楚国。晏婴在齐国身居要职，而且口才极好。以前出使楚国的时候，楚王就企图羞辱晏婴，结果反被他机智地驳回了。所以楚王一听说这次还是他来出使齐国，早就做好了准备，想趁机侮辱晏婴，一来报上次的仇，二来也显显楚国的威风。楚王知道晏婴身材矮小，就令人在城门的旁边开了一个小门，想让晏婴从小门进来，以此来羞辱晏婴。当晏婴到来之后，侍卫便让他从小门进去。晏婴拒绝从小门进入，很严肃地说："只有出使狗国的人，才会从狗洞中爬进爬出。我今天是奉命出使楚国，难道也要从这狗洞中进去吗？"引导宾客的人顿时无话可说，只好改道，按照相应的礼节接待晏婴，眼睁睁地看着晏婴从大门正中昂首阔步地进了城。

晏婴去拜见楚王，楚王因为在城门那里羞辱晏婴而没有得逞，早就憋了一肚子气，见晏婴前来朝拜，就故意轻蔑地看了看他，问道："齐国大概没有多少人吧？"晏婴听了，马上回敬道："我们齐国仅都城临淄（今山东临淄）就有居民七八千户，人人展开衣袖就可以遮住太阳，个个挥一把汗就像下雨一样，街上人多得肩擦着肩，脚挨着脚。您怎么能说齐国无人呢？"楚王听罢，进一步用挑衅的口吻说道："既然齐国有这么多人，为什么总是派遣像你这般矮小的人来出使我们楚国呢？"晏婴对楚王的无礼早有准备，不卑不亢地回答道："大王有所不知，齐国使者各有各的出使对象。有才贤明的人就被派去出使访问贤德圣明的君主，无能丑陋的人就被派去出使访问无能鄙俗的国君。晏婴我是齐国最丑陋无能的人，所以才被派来出使楚国。"一席话说得楚王无言以对。本来他是想趁机羞辱晏婴一番的，没想到，几个回合下来却是自讨没趣，从此楚王再也不敢小看晏婴和齐国了。

慧言箴语

俗话说："人不可貌相，海水不可斗量。"这就告诫我们：人的外表并不代表着才情、能力，成大事者不在其貌！晏婴身高不足五尺，却辅佐齐灵公、庄公、景公三朝，成为春秋后期一位重要的政治家、外交家。司马迁曾将他比为管仲，推崇备至，用"不辱使命，雄辩四方"八个字来形容他的外交活动。这个故事既表现了晏婴的机智敏捷、能言善辩，同时也将其热爱祖国、维护祖国尊严的可贵品质展露无遗。

螳臂挡车

汝不知夫螳螂乎，怒其臂以当车辙，不知其不胜任也。

——庄子《庄子·人间世》

春秋时期，齐国国君齐庄公乘坐马车去打猎。马车正在前行，齐庄公突然发现道路上有只绿色的小虫子，气势汹汹地向车轮扑来。只见它不知疲倦地舞动着两只前足，好像挥动着两把大刀，向着比它身体不知大多少倍的车轮扑来，摆出一副阻挡车轮前进的姿势。

齐庄公马上命令车夫把车停住，好奇地问道："这是什么虫子？竟有胆量和车轮较量！"车夫朝地上看了看，说："这是螳螂，这种虫子只知道向前冲，不知道往后退。它根本不了解自己到底有多大的力量。你看，车子马上就碾着它了，可它还是站着不动。它如此轻视对手，真是自不量力。"齐庄公盯着螳螂看了一会儿，笑着说："虽然它轻视敌人，但它的勇敢是多么可贵啊！我真希望我的战士们能学习螳螂的大无畏精神。我们不要伤害它，绕道走吧。"

慧言箴语

小小螳螂竟敢与车轮较量，勇气可嘉；但是它在勇敢的同时没有正确估量自己的实际能力，如此不自量力、以卵击石，必然招致失败。

东施效颦

故西施病心而矉其里，其里之丑人见而美之，归亦捧心而矉其里。其里之富人见之，坚闭门而不出；贫人见之，挈妻子而去之走。

——庄子《庄子·天运》

西施是春秋时期越国有名的美女，其举手投足、音容笑貌十分惹人喜爱。无论她走到哪里，都能引起人们的注意，令人们惊叹于她的美貌。

西施患有心口疼的毛病。犯病时，她总是用手捂住胸口，双眉紧皱，这样的病容却能流露出一种妩媚柔弱的风姿。

西施的邻居是一个丑女子，名叫东施，相貌丑陋，却嫉妒西施的美丽。东施平时动作粗俗，说话大声大气，却一天到晚做着当美女的梦。她总是挖空心思地改换服饰和发型，可仍然得不到任何人的赞美。

一天，她看到西施捂着胸口、皱着双眉的样子竟博得这么多人的青睐，便也学着西施的样子，手捂胸口，紧皱眉头，在村里走来走去，自以为和西施一样美丽了。哪知这丑女的矫揉造作，使她的样子更难看了。结果，人们看见她的怪模样都像见了瘟神一般，有的人把门紧紧关上，有的人则赶忙远远地躲开。东施只知道西施皱眉的样子很美，却不知道她为什么美，盲目模仿她的样子，反被人讥笑。

慧言箴语

每个人都要学会正确地欣赏别人，客观地审视自己，根据自身特点扬长避短。不了解别人的长处是什么，也不加以变通，就盲目而机械地效仿，是十分愚蠢可笑的。

后生可畏

后生可畏，焉知来者之不如今也？

——《论语·子罕》

孔子周游各地时，曾碰到过三个孩子。其中两个孩子正在一起开心地玩耍，而剩下的一个只是站在一旁观看。孔子好奇之下，问他为什么不参与游戏。

这个孩子十分认真地回答孔子说：“激烈的斗殴会伤及人的生命，而这种小打小闹也会损伤身体，即便是只有衣服被撕坏，对大家来说也不是什么好事。所以我不想参与其中。”没过多久，这个孩子用泥土建起了一座城池，他站在城池里，刚好挡住了孔子的路。孔子的车无法过去，于是孔子又问这个孩子为何不给车让路。这个孩子答道：“据我所知，只有绕城走的车，可没有避让车的城啊！”

孔子十分惊讶，觉得这个孩子小小年纪但见解不凡。他称赞道：“没想到你年纪不大，可懂得的道理却不少啊！”这个孩子一本正经地继续说道：“我听说，鱼生下来后三天就可以自由游动；兔子生下三天后就可以满地奔跑；马生下来三天后就可以与母马同行。这些事都是正常的自然现象，有什么可大惊小怪的呢？”

孔子听后感叹道：“真是后生可畏啊！”

慧言箴语

并不是人人都能像孔子这样，看到可畏后生而如此高兴。这也是人之常情，因为年轻人的活跃，会让年长的人意识到自己的衰老，感叹属于自己的时代已经过去了。孔子宽广的胸怀令人敬佩；而年轻人在积极进取的同时，也不要太过锋芒毕露，要以一颗感恩之心接受前辈们的教导与鼓励。

不自量力

不度德，不量力。

——左丘明《左传·隐公十一年》

春秋时，在现今河南省内有两个诸侯国，一个叫郑国，一个叫息国。公元前712年，息国向郑国发起战争。虽然看上去郑国和息国都是小国，但实际上，郑国的人力和物力都要强于息国。在军事实力上，息国也不是郑国的对手。最终息国被打败了，其国力也大为消耗，变得更加衰弱。

此时，一些有真知灼见的人分析后认为：息国即将灭亡。他们的理由有这样几个：其一，息国不注重自己国家的德行；其二，息国过高地估量了自己国家的实力，无论是人力、物力还是军事实力；其三，息国没有处理好与自己亲近的国家间的关系；其四，息国没有阐明出兵郑国的原因；其五，息国没有弄清楚为什么会失败以及由谁负这个责任。息国犯了以上这五条错误，由此推断它会面临亡国的境地，难道不是合情合理的吗？

这些人的预言果然变为现实。没过多久，楚国向息国发起攻势，一举吞并了息国。

慧言箴语

人贵有自知之明，在对敌我实力对比尚无清醒认识的情况下，轻率地以弱击强，岂有不败之理？拥有远大的目标是一件好事，但只有正确地认识自己和周围的环境，才能找到最合理的方式去实现目标。

讳疾忌医

扁鹊曰："君有疾在腠理，不治将恐深。"桓侯曰："寡人无疾。"扁鹊出，桓侯曰："医之好治不病以为功。"……公体痛，使人索扁鹊，已逃秦矣。桓侯遂死。

——韩非《韩非子·喻老》

战国时期有一位医生，医术很高明，人们尊称他为"扁鹊"。有一天，扁鹊拜见蔡桓公，站在旁边仔细地端详了蔡桓公的气色以后，说："大王，您的皮肤上有点小毛病，不治恐怕会深入体内。"蔡桓公不高兴地说："我没有病。"等扁鹊走了，蔡桓公说："医生就喜欢给没有病的人治病，以显示自己的医术高明。"

过了十天，扁鹊又来拜见蔡桓公，对他说：“您的病已深入到肌肤里了，不治会更严重。”蔡桓公还是没有理睬他。扁鹊走了，蔡桓公很生气。

又过了十天，扁鹊再次来拜见蔡桓公，对他说：“您的病已经到达肠胃了，再不治会恶化。”蔡桓公没有言语。扁鹊无奈地走了。

又一个十天过去了，扁鹊在路上看见蔡桓公，转身就走掉了。蔡桓公疑惑不解，派人前去询问原因。扁鹊说：“病在皮肤表面的时候，用药洗或热敷就能治疗；当病深入到肌肤里的时候，用针灸可以治疗；病在肠胃的时候，服些草药汤剂可以治疗；可是当病到达骨髓的时候，就不能救治了。蔡桓公的病已经深入骨髓了，所以我不再请求为他治病了。”

五天以后，桓公身体疼痛，派人去找扁鹊。可扁鹊已经逃往秦国去了。蔡桓公最终不治身亡了。

慧言箴语

一个人有了错误和缺点时，要正确对待、及时改正，如果固执己见，错误只会越来越多，以至发展到无法挽救的地步。

道不拾遗

国无盗贼，道不拾遗。

——韩非《韩非子·外储说左上》

商鞅是战国时期的政治家，在秦孝公时任秦国宰相。他建议秦孝公废除维护贵族利益的旧法，制定新法，实行变革，史称“商鞅变法”。

商鞅继承了法家的思想，主张以法治国，推崇法律面前人人平等。他认为不论出身贵贱，只要一个人做出对国家有利的事，就应当受到奖赏。

他规定爵位的高低由军功的大小决定，而不再是贵族世代相袭。他极为重视农业生产，奖励垦荒与耕织，兴修水利，提出对生产贡献大的人可免除其徭役负担的策略。

商鞅的努力没有白费，由于崇尚生产劳作、严格管理军队，秦国老百姓的生活富足安定，士兵们也恪守纪律、积极作战，秦国国力日益强大起来。

据《战国策》记载，当时的秦国民风淳朴，夜不闭户，道不拾遗；秦军兵强马壮，士气旺盛，因此其他诸侯国都对秦国心存畏惧。

慧言箴语

道不拾遗的年代似乎距我们已经很久远了，而现今我们有时在深夜回家的路上都要提心吊胆，真是让人对淳朴的民风有着无限的怀念与向往。然而不管外界环境如何，我们每个人都应该在心中保持一份淳朴和善良，只有这样，这个世界才会更加美好。

五十步笑百步

孟子对曰：“王好战，请以战喻。填然鼓之，兵刃既接，弃甲曳兵而走。或百步而后止，或五十步而后止。以五十步笑百步，则何如？”曰：“不可；直不百步耳，是亦走也。”

——孟子《孟子·梁惠王上》

梁惠王在位时，野心勃勃，一心扩张领土，经常与邻国发生战争。每次战争发起，他就强行把百姓驱赶上战场应战。

一次，梁惠王召见孟子，问他：“我在位期间，对于国家的治理，可以说是尽心尽力了吧？河内发生灾荒，收成不好，我就把一部分百姓迁移到河东去，并从河东运些粮食到河内。河东遇上灾难时，我也会从别处征调粮食到河东，解决百姓的饥饿问题。我看其他邻国的国君，没有一个像我这样爱护百姓的。可是，为什么邻国的百姓没有减少，而我的百姓也没有增多呢？”

孟子回答说：“大王喜欢打仗，我就用打仗来打个比方吧。战场上，两军对垒，作战双方经过激烈地拼杀后，很快就会分出胜负。这时，败方就会有人丢盔弃甲地逃跑。在逃跑的士兵中有的跑了一百步停下来，有的跑了五十步就停下来。这时，跑了五十步的士兵嘲笑跑了一百步的士兵，说他们是胆小鬼。您认为这种嘲笑对吗？”

梁惠王说：“当然不对了。他们虽然有的跑五十步，有的跑一百步，但都是临阵脱逃啊！”

孟子说：“大王如果明白了这其中的道理，那么，就

孟子见梁惠王

不应该希望您的老百姓比邻国多。”

邻国国君不管百姓的生活，是不爱百姓的表现；而梁惠王常驱使百姓去打仗，致使民不聊生，一样是不爱惜百姓。在欺压黎民这点上，他们的实质是相同的啊！

慧言箴语

人们往往对别人的错误指手画脚，却对自己的错误视而不见。错误的情节虽然有轻有重，但其本质是相同的。因此，看待事情时，一定不要被表面现象迷惑。

不识车轭

郑县人有得车轭者，而不知其名，问人曰：“此何种也？”对曰：“此车轭也。”俄又复得一，问人曰：“此是何种也？”对曰：“此车轭也。”问者大怒，曰：“曩者曰车轭，今又曰车轭，是何众也？此汝欺我也。”遂与之斗。

——韩非《韩非子·外储说左上》

车轭是驾车时套在牲口脖颈上的一种木制驾具，略微弯曲有点像个“人”字形。

春秋战国时期，一个郑国人在路上捡到一个车轭。因为他从未套过牲口驾车，所以不认识这是什么。回家后，他拿着车轭去找邻居，问：“这是什么东西？”邻居告诉他说：“这是车轭。”

虽然这个郑国人知道了这根弯木棒叫作“车轭”，但印象不深，也没把这件事放在心上。第二天，他又在路上捡到了一个车轭，又拿去问邻居，邻居说：“这是车轭。”不料，这个郑国人听了以后，竟大怒。他说道：“先前那个东西，你说是车轭，现在这个，你又说是车轭，路上哪来这么多的车轭呢？我看你分明是在骗我，你真不是个好东西。”他骂着，竟然抓起邻居的衣领同他打起架来。

一个人遇到了不懂的事情，就应请教别人。可是这个郑国人，请教别人，却不虚心，还怀疑别人是在骗他。

慧言箴语

有些人在遇到疑难问题时，既要请教别人，又不虚心，还心存怀疑，明明是自己愚昧无知，反而认为别人在欺骗自己。如此自以为是而又蛮横无理的人，真是可笑。

逆旅二妾

逆旅人有妾二人，其一人美，其一人恶，恶者贵而美者贱。杨子问其故，逆旅小子对曰：“其美者自美，吾不知其美也；其恶者自恶，吾不知其恶也。”

——庄子《庄子·山木》

杨子是战国时期有名的思想家。一次，他要到宋国去，天黑时分就住宿在一家旅馆里。这个旅馆的主人有两个妾，其中一个俊俏美丽，另一个长相奇丑，但是旅馆主人却很宠爱那个长相丑陋的，讨厌那个长得美丽的。

杨子很奇怪，问他什么原因。旅馆的主人回答说：“那个长得美丽的总觉得自己很美，可是我并没有感到她美；那个长得丑的总觉得她自己很丑，可是我并不认为她丑。”听完他的话，杨子感慨地说：“看来，如果一个人想做高尚的事，还能丢掉自以为高尚的心理，他到哪里都是受欢迎的啊！”

慧言箴语

一个品德高尚、虚心谦谨，从不自我夸耀的人，到任何地方都会受人尊敬。

惩前毖后

予其惩而毖后患。

——《诗经·周颂·小毖》

周武王驾崩后，他的儿子周成王继承了王位。年幼的周成王在武王的弟弟周公姬旦的辅佐下，处理国家大事。管叔鲜和蔡叔度同为武王的弟弟，对此心生怨恨，四处造谣说：“周公正暗中谋划，伺机篡位。”

周公生性豁达，他不愿与之计较。为了表示他对周王朝的忠心，周公请求离开京都。成王年纪尚小，也怕周公心存二心，便批准他离去。管叔鲜等人待到周公离开，立即与纣王之子武庚串通，兴兵作乱。失去了周公的协助，周成王对此束手无策。有大臣建议不如请周公回来，成王立即依言行事。周公返回京都后，即刻讨伐叛贼。周公挥师东进，三年之后，终于平息叛乱。在此后的几年里，周公忠心耿耿，为成王出谋划策，料理国家大事。成王长大以后，周公便将政权交还与他。

成王正式接管朝政之日，在宗庙举行了祭祀仪式。成王反省了之前的错误，说道："我一定要从以前的事件中吸取教训，以后才不至于重犯同样的错误。"

慧言箴语

周公用行动证明自己的忠诚之后，周成王立刻意识到了自己的错误，在列祖列宗面前表达了自己"惩前毖后"的决心，而后开启了"成康之治"的太平之世。"人恒过，然后能改"，周成王知错就改的精神是值得我们学习的。

月攘一鸡

有人日攘邻之鸡者，或告之曰："是非君子之道。"曰："请损之，月攘一鸡，以待来年，而后已。"如知其非义，斯速已矣，何待来年？

——孟子《孟子·滕文公下》

古时候有一个人，有偷窃的毛病，每天都要去别人家偷一只鸡回来。

有一天，他又去偷鸡了。他偷完鸡正抱着它往回走，碰见了村子里的一个智人。智人知道他经常偷窃，就规劝他说："偷窃不是正派人的做法，你为什么不改掉这个坏毛病，做个堂堂正正的人呢？你这么强壮有力，完全可以凭借自己的劳动赚钱生活啊！"

这个人想了想，回答说："你说得很对，偷窃是很不好的行为，别人也总拿这件事耻笑我，可我一时也改不过来。这样吧，从明天开始我不再每天都偷鸡了，改成一个月偷一只。这样慢慢改，等到明年，我就再也不偷了。"

名家典籍

《孟子》共七篇，包括《梁惠王》《公孙丑》《滕文公》《离娄》《万章》《告子》《尽心》。

慧言箴语

一个人做了错事，就要及时改正，知错能改善莫大焉，怎么能纵容自己继续犯错呢？

高山流水

伯牙善鼓琴，钟子期善听。伯牙鼓琴，志在登高山，钟子期曰："善哉！峨峨兮若泰山！"志在流水，钟子期曰："善哉！洋洋兮若江河！"伯牙所念，钟子期必得之。

——列子《列子·汤问》

春秋时期，楚国有个叫俞伯牙的人，精通音律，琴艺高超，是当时著名的琴师。俞伯牙的琴声，能出神入化地表现对各种事物的感受。无论是波浪汹涌、浪花激溅、海鸟翻飞，还是山林树木的郁郁葱葱，他都能用琴声淋漓尽致地表达出来，让人听了有身临其境、如入仙境之感。同一时期，楚国有个樵夫，名叫钟子期，他虽不会弹奏乐器，却十分懂得欣赏。

一天，俞伯牙坐船来到川江峡口游览，突然遇到了狂风暴雨。船夫将船摇到一座山崖下躲避，风雨停息后，伯牙见这雨后的高山和流水，别有一番风韵，不禁心生灵感，抚琴弹奏起来。俞伯牙完全沉醉在了自己的琴声里。

一曲弹罢，俞伯牙听到了一阵赞叹声，四下寻觅了一周，才看见不远处的山崖上有个樵夫，那人正是钟子期，赞叹声就来自他那里。

俞伯牙惊奇地问道："您懂音乐吗？"

钟子期回答说："略懂一二。"

俞伯牙高兴地问道："你既然懂音乐，可知我刚才弹的是什么曲子？"

钟子期说："你弹的曲子里充斥的感情，是对雨后高山和流水的感叹，琴声就像那高山一样巍峨高大啊！琴声里那山间江水流动的声音，浩浩荡荡、清新自然，真是人间少有的天籁之音啊！"

俞伯牙听了他对自己琴声的评述，对他佩服之至，拱手作礼道："真是荒山藏美玉，我遇到知音了！"

说到兴致之处，俞伯牙又弹奏了几曲给钟子期听，每次钟子期都能完全领会曲意以及俞伯牙所表现的情感。两人畅谈了很久，对音乐的领悟不相上下。不知不觉天色已晚，俞伯牙不得不告别钟子期，他恋恋不舍地说道：“我与你如此有缘，就把弹奏的第一支曲子叫作《高山流水》吧！我们明年春暖花开之际在此一聚，再切磋音乐，如何？”钟子期很高兴地答应了。

转眼到了约定日期，俞伯牙又来到长江口，可一直等到暮色来临，都不见钟子期来与他会面。一打听才知道，钟子期已于去年病逝！俞伯牙知道后，热泪长流，来到子期的坟前痛哭流涕道：“千金易寻，知音难觅啊！”

俞伯牙挥泪弹奏了一曲《高山流水》，然后仰天叫道：“从此知音绝矣！”说完，他举起琴，在钟子期墓前的石头上用力一摔，琴身粉碎，从此俞伯牙再也不弹琴了。

他们二人的友谊感动了世人，从古至今为人们津津乐道。

慧言箴语

知音是那种能够了解你内心的人。一个人在世上，要想得到意气相投的朋友很难，请珍惜你身边的每一个朋友。

赎越石父

石父曰：“不然。吾闻君子诎于不知己而信于知己者。方吾在缧绁中，彼不知我也。夫子既已感寤而赎我，是知己；知己而无礼，固不如在缧绁之中。”

——司马迁《史记·管晏列传》

春秋时期，齐国的宰相晏子奉命出使晋国，在返国途中，他看到路边有一个人头戴破帽，反穿皮袄，背着一捆柴草。晏子见此人的神态、气质并不像个粗俗之人，却落得如此寒碜的地步，觉得奇怪，就下车询问："你是谁？"

那人说："我是齐国的越石父。"

晏子早听说过越石父是个很有修养的君子，忙问："你怎么会干这等粗活呢？"

越石父叹了口气说："我遭受了饥寒交迫、食不果腹的生活，只能给人做奴维持生计，这样的日子已经过了三年了。"

晏子又问："我能把你赎出来吗？"

越石父说："可以。"

于是，晏子就解下了马车上的一匹马，赎出了越石父，并带他一道回齐国。

晏子觉得自己赎出了越石父，对他有恩，就没有以礼节待他。越石父很生气，要与他绝交。

晏子问越石父："我从前与你并不相识，却将你赎回，使你重获自由。我对你这么好，为何你不但不领情，反而要跟我绝交呢？"

越石父说："士人，可以受到别人的轻慢，可在朋友面前，他应该得到理解和尊重。真正的君子，不能因为对别人有恩，就不尊重对方。同样，一个真正的君子，也不会因为受到别人的恩惠而卑躬屈膝，丧失尊严。"顿了顿，他又说："我当奴仆时，不受尊重，以为你把我赎出来以后会尊重我，可你在回国途中，一直没有给我让座，或许这只是一时疏忽，我并没有计较，而现在你又只管自己进

晏子出使晋国

屋，连招呼也不跟我打，这说明你还把我当奴仆看待。既然我还是做奴仆，跟从前有何区别？”

晏子听完，赶忙施礼道歉，并诚恳地说：“起初，我只看到了您不俗的外表，现在才真正了解您非凡的气节和高贵的内心。请原谅我的过失，不要跟我断交。”越石父说：“对人以礼相待，是不会遭到拒绝的，我愿意接受你的友谊。”

晏子于是把越石父奉为上宾。

慧言箴语

只有以礼待人，才能结交知心朋友，帮助别人也不要自恃有功，以恩人自居，对人傲慢无礼。

邹忌比美

邹忌修八尺有余，而形貌昳丽。朝服衣冠，窥镜，谓其妻曰：“我孰与城北徐公美？”其妻曰：“君美甚，徐公何能及君也！”城北徐公，齐国之美丽者也。忌不自信，而复问其妾曰：“吾孰与徐公美？”妾曰：“徐公何能及君也！”旦日，客从外来，与坐谈，问之：“吾与徐公孰美？”客曰：“徐公不若君之美也。”

明日，徐公来。孰视之，自以为不如；窥镜而自视，又弗如远甚。暮，寝而思之，曰：“吾妻之美我者，私我也；妾之美我者，畏我也；客之美我者，欲有求于我也。”

——刘向《战国策·邹忌讽齐王纳谏》

春秋时期，齐国有个叫邹忌的大臣，他身高八尺多，外形俊朗，仪表堂堂。有一天早晨，他穿好朝服、戴上朝冠，一边对着镜子打量自己，一边对妻子说："我和城北的徐公，谁更俊美一些？"他的妻子说："你特别英俊，徐公怎么比得上你。"城北的徐公，是齐国著名的美男子。邹忌不相信自己比他漂亮，就又去问小妾："我和城北的徐公，谁更俊美一些？"小妾回答："徐公哪里比得上您啊！"第二天，有客人来拜访，邹忌在交谈中问他："我和城北的徐公，谁更俊美一些？"客人回答："徐公可比不上您漂亮。"

过了一天，徐公来拜访了。邹忌认真地端详他，自认为没有他英俊；又照镜子观察自己，更觉得比他差远了。夜里，邹忌躺在床上仔细思考这件事，自语道："我的妻子说我更漂亮，那是偏爱我；小妾说我漂亮，肯定是因为怕我；客人说我漂亮，则是想求我帮忙办事。"于是他从妻妾和宾客对自己的谬赞中，认识到了受蒙蔽之害，随即对齐威王进行劝谏，终使齐国威震诸侯。

名家典籍

《战国策》，西汉末年刘向编订，主要记载了战国时期纵横家的政治主张和策略，是一部国别体史书。

慧言箴语

为人要有自知之明，不可轻信他人的赞美之言，听到恭维之语时，不能忘乎所以、飘飘然，而应保持清醒的头脑，并反省、深刻审视自己，这样才能有所进益。

虚伪与真实

虚伪就像一个个厚重的外壳，不仅重重地覆压在一个人的身心上，也制造了让人不能相信和接近的隔膜。人们不仅要善于识破虚假，也要懂得保持真实的自己。

滥竽充数

齐宣王使人吹竽，必三百人。南郭处士请为王吹竽。宣王说之，廪食以数百人。宣王死，湣王立，好一一听之，处士逃。

——韩非《韩非子·内储说上》

齐国的国君齐宣王很爱好音乐，尤其喜欢听吹竽。为此，他手下养有300个善于吹竽的乐师。齐宣王喜欢热闹，爱摆排场，每次都叫这300个人一起合奏给他听。

有个南郭先生听说了齐宣王的这个癖好，觉得有机可乘，想利用这个机会挣钱，就跑到齐宣王那里去，吹嘘自己说："大王啊，我是远近有名的乐师，听过我吹竽的人没有不被感动的，就是鸟兽听了也会翩翩起舞，花草听了也会合着节拍摇摆。我愿把我的绝技献给大王！"齐宣王听了很高兴，不加考核就收下了他，把他也编进了那支300人的吹竽队中。

从此以后，南郭先生就随那300人一起合奏给齐宣王听。他拿着优厚的俸禄和丰厚的赏赐，得意极了。

其实，南郭先生根本就不会吹竽。每逢演奏的时候，他就捧着竽混在队伍中，装腔作势，模仿人家的姿势，脸上装出一副陶醉其中的样子。

好景不长，几年后，爱听合奏的齐宣王死了。他的儿子齐湣王继位。齐湣王也爱听吹竽，可他和齐宣王不同，认为300人一块儿吹实在太吵，不如独奏动听。于是他下令，要这300人好好练习，一个个地轮流吹给他听。乐师们接到命令后都积极练习，想一展身手，只有南郭先生急得像热锅上的蚂蚁，惶惶不可终日。他想来想去，觉得这次再也蒙混不过去了，只好收拾行李连夜逃走了。

慧言箴语

像南郭先生这样没有真才实学、不懂装懂、靠蒙骗过日子的人，骗得了一时，骗不了一世。事情迟早会败露的。

挂牛头卖马肉

灵公好妇人而丈夫饰者。国人尽服之。公使吏禁之。裂衣断带相望而不止。犹悬牛首于门而卖马肉于内也。

——《晏子春秋·内篇·杂下》

齐灵公很喜欢妇女装扮成男人的样子。于是全国的妇女都照着去做。灵公派人去禁止，并说："凡是妇女穿男人衣服的，就把她的衣服撕破，把她的带子扯断。"可是即便这样，也还是不能禁止妇女这样做。

晏子来见灵公。灵公问他："我派人去禁止女扮男装，可她们并没有停止这么做，这是为什么？"

晏子说："你让宫内妇女做男人打扮，而在外面又加以禁止，这就好像在门口挂着牛头而偏要卖马肉一样。如果你叫妇女们在内宫里也不要穿男人的服饰，那么在外边也就没人敢那么做了。"

灵公说："好极了！"于是他下令在宫廷里也禁止女

扮男装。不久，全国上下果然再也没有人敢如此打扮了。

名家典籍

《晏子春秋》是中国第一部短篇小说集，是记叙春秋时代著名政治家、思想家晏婴言行的一部书。

慧言箴语

这个故事常被用来比喻以好名义当作招牌，实际上兜售低劣货色；也比喻为人虚伪，表里不一，做事情内外有别。

以羊替牛

王坐于堂上，有牵牛而过堂下者。王见之，曰："牛何之？"对曰："将以衅钟。"王曰："舍之！吾不忍其觳觫，若无罪而就死地。"对曰："然则废衅钟与？"曰："何可废也，以羊易之。"

——孟子《孟子·梁惠王上》

古时候，人们为了表示对神灵的虔诚之心，每到一定的日子，就在祠庙里举行一种"祭钟"仪式。每逢这时，就要宰杀一头牛，或者一只羊，供在桌子上。

这一天又是祭祀的日子，齐宣王正在大殿门口，看见有个人牵着一头牛经过，那牛浑身发抖。齐宣王叫住牵牛人，问："你要把牛牵到哪里去？"那人回答说："我要牵去宰了祭钟。"

以羊替牛

齐宣王见那牛哆嗦害怕的样子，心生怜悯，说：“这头牛本来没有罪过，却要白白地去死，看着它那吓得颤抖的样子，我真不忍心，还是把它放了吧。”

牵牛人说：“大王您真慈悲，那就请您把祭钟这一仪式也废除了吧！”

“这怎么可以废除呢？”齐宣王严肃起来，接着说：“这样吧，你就用一只羊代替这头牛吧！”

慧言箴语

杀牛和杀羊都是屠杀生命，对牛怜悯而对羊残忍并不能算是仁慈，齐宣王以羊代牛只是骗人的把戏，可见他的虚伪。

狐假虎威

虎求百兽而食之，得狐。狐曰：“子无敢食我也！天帝使我长百兽，今子食我，是逆天帝命也。子以我为不信，吾为子先行，子随我后，观百兽之见我而敢不走乎？”虎以为然，故遂与之行。兽见之皆走。

——刘向《战国策·楚策一》

有一只饥饿的老虎正在深山老林里觅食，忽然发现了一只狐狸，就迅速扑了过去，一把逮住了它，心想今天的午餐可以好好地享受一顿了。狐狸生性狡猾，转转眼珠就编出了一个谎言，对老虎说：“我是天帝派到山林中来当百兽之王的，你要是吃了我，天帝是不会饶恕你的！”

老虎对狐狸的话半信半疑，问它："让你当百兽之王？如何能让我相信你的话呢？"狐狸见老虎已经上钩了，就乘机说："你如果不相信我的话，不妨跟我到山林中去走一走，我让你亲眼看看百兽对我望而生畏的样子。"老虎想了想就答应了，于是狐狸神气活现地走在前面，老虎跟在后面，它们一起向山林深处走去。

森林中的野兔、山羊、花鹿、黑熊等各种兽类远远地看见老虎来了，都吓得魂飞魄散，纷纷逃跑了。狐狸见状，得意地对老虎说："现在你该相信了吧！森林中的百兽，没有一个不怕我的。"

老虎并不知道百兽真正怕的是它自己，竟然对狐狸的话信以为真了。就这样，狐狸不仅躲过了被吃的厄运，还在百兽面前尽情地耍了一回威风。

慧言箴语

对于那些像狐狸一样仗势欺人、狡猾至极的人，我们要善于识破他们的伎俩，谨防上当。

邻人献玉

魏田父有耕于野者，得宝玉径尺，弗知其玉也，以告邻人。邻人阴欲图之，谓之曰："此怪石也，畜之，弗利其家，弗如复之。"……于是遽而弃于远野。邻人无何盗之，以献魏王。……魏王立赐献玉者千金，长食上大夫禄。

——尹文《尹文子·大道上》

邻人献玉

魏国的一个农夫在犁田，突然犁头碰到了一个硬物，只听一声震响。他刨开土层一看，原来是犁铧撞上了一块光泽碧透的异石。农夫没见过世面，不知是玉，就请邻人过来看看这是什么东西。

邻人一看那是块世上罕见的玉石，就起了歹心，欺骗农夫说："这是个不祥之物，留着会引发祸患。你还是赶紧把它扔了吧。"

农夫见这石头如此晶莹、剔透，实在不像不祥之物，觉得扔掉了可惜，犹豫了一会儿，就决定先拿回家去，看看到底是怎么一回事。

这天夜里，宝玉忽然光芒四射，把整个屋子照得通亮。农夫全家被这种神奇的景象震惊了。于是，农夫又跑去找邻人。邻人故作惊慌地说："这就是石头里的妖魔在作怪。你再不把这石头扔掉，全家都会死掉！"听了这话，农夫吓得战战兢兢的，急忙跑回家把玉石扔到了野地里。

可没过多久，邻人就跑到野外把玉石捡回了自己家。第二天，邻人拿着这块玉石去献给魏王。魏王招来玉工鉴定玉石的真伪。那玉工一见这块玉石，急忙对魏王说："这是一块稀世珍宝。世上所有的玉石，都不能与它媲美。"魏王听了这话以后大喜，当即赏给献玉者一千斤黄金，同时还赐予他终生享用大夫俸禄的待遇。

名家典籍

尹文，齐国人。他所作的《尹文子》，大都是先秦人物故事、寓言小品，文简理丰、辞约而精，为后人所称引。

慧言箴语

狡诈的邻人因骗取的玉石而受赏食禄；而穷苦的农夫却蒙在鼓里，毫不知情。

宋王不信报

齐攻宋，宋王使人候齐寇之所至。使者还，曰：“齐寇近矣，国人恐矣。”左右皆谓宋王曰：“此所谓‘肉自生虫’者也。以宋之强，齐兵之弱，恶能如此？”宋王因怒而诎杀之。……如此者三，其后又使人往视。齐寇近矣，国人恐矣。……于是报于王曰：“殊不知齐寇之所在，国人甚安。”王大喜。

——吕不韦《吕氏春秋·壅塞》

齐国攻打宋国，宋王派人去侦察齐军动向，使臣回来说：“齐军已逼近都城，百姓已十分恐慌。”奸臣对宋王说：“宋国如此强大，齐兵一向疲弱，不可能来攻，定是使臣谎报军情。”宋王听信了奸臣的话，下令把使臣杀了。接着，宋王派了第二个使臣去察看军情，第二个使臣也禀报军情紧急，结果也被杀了。这样，宋王接连处死了三个使臣。

第四个使臣前去察看军情时，齐军已兵临城下，百姓乱作一团，纷纷逃亡。使臣遇到了他的哥哥，便向哥哥说了自己的使命，并说：“宋王不肯相信真实情报，把回报实情的人都杀了。如今我回报真情是死，不回报真情也是死，到底该怎么办？”哥哥说：“若禀报实情，你会在齐兵攻来之前就死，不如先虚报，骗过宋王，再找个好时机逃跑。”

于是，这个使臣回报说：“未见齐军，人民安居乐业。”宋王听了很高兴，厚赏了他。

很快，齐兵攻来了，宋王吓得一身冷汗，跳上马车逃命去了。而那个说假话的使臣，早逃到别国去了。

慧言箴语

使者虚报军情是不可取的，但宋王不愿听真话，只想听好话更是不对的，结果他不仅害了自己，也害了国家。寓言提醒我们，真话不管是好是坏，都是最可信的；而虚假的话，往往很动听，却有害无益。

不材之木

匠石之齐，至于曲辕，见栎社树。其大蔽数千牛，絜之百围；其高临山十仞而后有枝，其可以为舟者旁十数。观者如市，匠伯不顾，遂行不辍。弟子厌观之，走及匠石，曰：“自吾执斧斤以随夫子，未尝见材如此其美也。先生不肯视，行不辍，何邪？”

——庄子《庄子·人世间》

从前有位工匠名叫匠石。一天，他带着徒弟前往齐国，来到一个叫曲辕的地方时，看见土神庙旁长着一株大树。这株树的树荫可以遮荫几千头牛；树身比山高出 80 尺，之上才有枝叶，其中可用来造船的枝丫就有十几枝。有很多人来此围观这棵巨树。

奇怪的是，匠石竟没有停下步伐观看，而是继续往前赶路。徒弟们问匠石："我们从来没有见过这样好的木材，您为什么一点儿也不看重它？"匠石回答说："这棵树木材疏松，用它造船，会沉；用它做棺材，会很快腐烂；用它做柱子，会被虫蛀；把它打成器具，会毁坏。它正是因为没有用，才长得这么高大，有这么长的寿命啊！"

慧言箴语

貌似强大的事物往往华而不实。看问题、观察事物不能被表面蒙骗，要透过现象看清本质，以免做出错误判断。

尔虞我诈

盟曰："我无尔诈，尔无我虞。"

——左丘明《左传·宣公十五年》

春秋中期，楚国在中原称霸，楚庄王根本不把邻近的小国放在眼里。有一次，他派大夫申舟出使齐国，指示他经过宋国的时候，不必向其借路。申舟估计到这样一来，必定会触怒宋国，说不定会被宋国杀死。但楚庄王坚持要他这样做，并向他保证，如果他被宋国杀死，自己将出兵讨伐宋国，为他报仇。申舟没有办法，只好将儿子申犀托付给楚庄王，然后出发。

不出申舟所料，他经过宋国时，果然因没有借路而被抓住杀掉了。消息传到楚国，楚庄王听到后十分愤怒，马上下令讨伐宋国。宋国虽然是个小国，可要攻破它也并不容易。楚庄王从公元前595年秋出兵，一直围攻到次年夏天，还是没有把宋国的都城攻下来。楚庄王的锐气被挫，无心继续攻城，决定解围回国。申舟的儿子申犀得知后，在楚庄王马前边哭边叩头说："我父亲当时明知要死，可是不敢违抗您的命令，依然出发了。现在，您却要放弃从前承诺他的话了吗？"楚庄王听了，不知如何是好。这时，在边上为楚庄王驾车的大夫申叔时献计道："大王，我们可以让围城的士兵就地兴建房舍，开荒种田，装作要长期留下来的样子。这样，宋国就会因害怕而投降求和了。"楚庄王采纳了申叔时的计策。宋国人见了楚军的举动果然害怕起来，只有大夫华元鼓励守城军民宁愿战死、饿死，也决不投降。

一天深夜，华元悄悄地混进楚军营地，潜入到楚军主帅子反的营帐里，并登上他的卧榻，把他叫起来说："我们君王叫我把宋国现在的困苦状况告诉您，粮食早已吃光，大家已经开始互换死去的孩子当饭吃。柴草也早已烧光了，大家用拆散的尸骨当柴烧。虽然如此，你们也不要以为我们会屈服，我们是不会投降的。但是如果你们能退兵三十里，那么您怎么吩咐，我就怎么办！"子反听了这番话很害怕，当场先和华元私下约定，然后禀告楚庄王。楚庄王本来就想撤军，听了自然就同意了。第二天，楚庄王下令楚军退兵三十里。于是，宋国同楚国之间平息了干戈。华元到楚营中去订立了盟约，并作为人质到楚国去了，盟约上写着："我不欺骗你，你也不欺骗我！"

慧言箴语

宋国人是有骨气的，他们斩楚使，御楚兵，交换死去的孩子当饭吃，拆散尸骨当柴烧，也绝不屈膝投降。但战争是如此的可怕，宋国人为出那口"气"所付出的代价也实在是太惨烈了。战火纷飞的年代，尔虞我诈成为消灭敌人、保存自己的重要手段。尔虞我诈或许还可以看作是一种计谋，一种求生的手段。在如今的商战中，为了追逐利益，尔虞我诈也屡见不鲜。但这似乎有点得不偿失，因为相比之下，诚信更加重要。如果一个人不讲诚信，很快就会成为孤家寡人；如果一个企业不讲诚信，这家企业就失去了存在的根本。

大义灭亲

石碏纯臣也，恶州吁而厚与焉。大义灭亲，其是之谓乎？

——左丘明《左传·隐公四年》

春秋时期，卫庄公有个儿子名叫州吁，从小受宠，养成了贪婪专横的个性，不务正业，只喜欢舞枪弄棒。

当时，卫国大夫石碏也有个儿子叫石厚，他与州吁臭味相投，经常在一起游猎、宴饮。因为大家都很讨厌州吁，所以对与他形影不离的石厚也恨之入骨。石碏知道此事后很生气，曾多次规劝石厚不要再与州吁来往，但石厚根本不听，依然我行我素。

后来卫庄公去世，公子完继位为卫桓公。不久，州吁和石厚便合谋杀死了卫桓公，夺取了王位。州吁封石厚为上大夫，两人非常得意，以为从此以后会有享不尽的荣华富贵。不料州吁弑兄的恶行传了出去，国内沸沸扬扬，老百姓指责他们，朝臣不服他们，各诸侯国瞧不起他们。这时，恰巧宋殇公同公子冯争夺君位，公子冯逃到郑国去了。

州吁和石厚便派人告诉宋殇公说："你们如果讨伐郑国，我们愿意协助。"他们俩想借此机会打个胜仗以提高威信，宋殇公同意了。州吁和石厚就派兵帮助宋国去攻打郑国。仗打完了，也取得了胜利，但老百姓和朝臣仍然不服他们，诸侯也仍然瞧不起他们。

鲁国的大夫众仲评论此事说："州吁一伙是谋杀国君、残害百姓的乱党，他们最终一定会落得个众叛亲离的下场！"州吁处境狼狈，内心不安，石厚又给他献计说："我父亲是卫国的元老重臣，威望极高，虽然告老在家，但众朝臣一向敬服他，我们去请教请教他吧。"州吁于是就叫石厚去找石碏，石碏说："这种大事，如果能得到天子的支持，那就不管国内国外，谁也不敢反对了。"

当时的周王，号称"天子"，是诸侯名义上的最高首领，要见到他并取得他的支持可不容易。因此，石厚又问他父亲，有没有进见天子的门路。石碏说："现在陈桓公很得天子的宠信。你们请他帮忙，事情就好办了。"石厚回去把这些话对州吁一说，州吁很是高兴，于是两人便备了许多礼物高高兴兴地到陈国去了。他们不知道，石碏已经事先写了一封信给陈桓公，信上说："我们卫国是个小国，我也老了，不中用了。州吁、石厚是杀害我国国君的罪人，无论如何请帮忙惩治他们！”因此，州吁和石厚一到陈国，就被陈桓公扣留了。卫国接到通知，派了右宰丑到陈国，处死州吁，然后又从邢国接回在那里避难的公子晋（卫桓公胞弟），把他立为国君，也就是卫宣公。

当时，卫国的大臣们都认为，石厚是石碏的儿子，应该从宽处理，杀了首恶州吁也就够了。可是石碏坚决不同意，他说：“州吁干的坏事，大都是石厚谋划的，如果只惩办州吁而不惩办石厚，恐怕难安民心。”于是他就派家臣到陈国去，把石厚杀了。

慧言箴语

义，一般指公正合宜的道德、道理或行为。义可以分为小义和大义两种，小义指的是草莽英雄、绿林好汉等所遵从的道德行为准则，也就是常说的讲义气、为朋友两肋插刀在所不辞；而大义则指的是为国为民之民族大义。小义往往存在局限性，为了朋友义气，头脑发热做错事的屡见不鲜；而心存大义，为了国家民族牺牲小我则非常人所能为，这样的人堪称侠之大者，国之栋梁。

华而不实

且华而不实，怨之所聚也。

——左丘明《左传·文公五年》

春秋时，晋国的大夫阳处父被派往卫国担当使者，回来的途中他住进了一家客栈。这家客栈的店主看到阳处父仪表不凡，认为他一定是一位品德高尚、学识渊博之人，于是对妻子说道：“这便是我一直梦想能够追随的人。”

店主立即向阳处父表明了自己想追随于他的愿望。在得到阳处父的同意后，店主与妻子作别，和阳处父一同离去了。

路途中，店主和阳处父交谈后发现，此人徒有其表，实际上并没有什么学问见识，人品道德也毫无出众之处。于是店主打消了继续与阳处父同行的念头，返回了家中。

当妻子问及原因时，店主这样回答道：“我看到他的相貌举止，以为此人是可以信任、追随之人。没料到一和他谈起话来，便发觉此人没有真才实学 。我如果追随其左右，恐怕不但不能有所收获，反而会遭受其害。”

“华而不实”这则成语便是用来形容阳处父这种外表华美、内里虚空之人。

慧言箴语

华而不实既可以用来形容人，也可以用来形容物。华而不实的人和物都是令人鄙夷的。但是，人对许多事物的第一印象还是从外表开始的，因此“实”固然很重要，“华”也同样不应忽视，尤其在如今这个快节奏的社会里，只注重“实”而忽视“华”，就会无端地失掉许多机会。

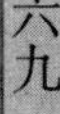

宣王之弓

宣王好射，说人之谓己能用强也，其实所用不过三石。以示左右，左右皆引试之，中关而止，皆曰：“不下九石，非大王孰能用是？”宣王悦之，然则宣王用不过三石，而终身自以为九石。三石，实也；九石，名也。

——尹文《尹文子·大道上》

齐宣王爱好射箭，也喜欢听别人的恭维话。只要一听到别人夸他力气大，不论多强硬的弓都能拉开，他就会高兴得忘乎所以。齐宣王身边的臣子们为了讨好他，总是说些“大王神射”一类的话恭维他。其实，齐宣王所用的弓，用三百斤的力气就能很容易地拉开。

一天，齐宣王又把自己的弓拿给臣子们看，还让臣子们试着拉开。这些臣子在拉弓时，都故意装出使出全身力气的样子：闭着嘴，鼓起腮帮，将眼睛瞪得大大的。其实，这些人根本就没想把弓拉开，只将弓拉到半满就故意松开手，表示自己的力气不够大。接着他们会说：“这张弓好厉害！拉开它至少要一千斤的力气。除了大王，是没有人能拉开的。”齐宣王听了，特别得意。于是，他表演拉弓给臣子们看。臣子们看了都大声叫好。

齐宣王拉弓时，明明只用了三百斤的力气，可他一辈子都认为自己是用了一千斤的力气。齐宣王只喜欢虚名，却不知道自己实际的力量究竟有多大。

宣王好射

慧言箴语

做人要有自知之明，不能轻信那些谄媚、奉承、虚伪、言不及义的话，更不该听到好话就沾沾自喜、自以为是。

涸泽之蛇

泽涸，蛇将徙。有小蛇谓大蛇曰：“子行而我随之，人以为蛇之行者耳，必有杀子，不如相衔负我而行，人以我为神君也。”乃相衔负以越公道，人皆避之，曰：“神君也。”

——韩非《韩非子·说林上》

有一年夏季，某个地方干旱缺水，地面都干裂了，很多池沼也都干涸了。原本生活在水沼中的一些虫、鱼、蟹等动物，都搬迁到别的地方寻找水源去了。只有两条花水蛇没走。可过了几天，眼看池沼边的杂草全部枯死了，再不走就没法活命了，于是它们也准备搬迁。

临走之前，小蛇对大蛇说：“你身强力壮走得快，如果你在前面走，目标太大，很容易被人们发现。那样人们一定会来捕杀我们，而你也一定先被捉到。所以，我想到了一个办法，你背着我走。因为人们从来没有见过哪种蛇长成这样，也没见过像我们这样行走的。所以他们会把我当成一位神君，从而对我们敬而远之。这样我们就能蒙混过关，安全抵达目的地了。”

大蛇觉得小蛇的话很有道理，就背起小蛇穿过大路，扬长而去。见到上下重叠行走的蛇，人们都很害怕，谁都不敢靠近。此事一传十，十传百。知道此事的人都煞有介事地说：“那一定是蛇神了。”

慧言箴语

面对纷繁多变的社会，要善于识别变化多端的诡计，看问题时不能只看表面现象，要透过现象去分析和把握事物的本质。

涸辙之鱼

周顾视车辙中有鲋鱼焉。周问之曰：“鲋鱼来！子何为者邪？”对曰：“我，东海之波臣也。君岂有斗升之水而活我哉？”周曰：“诺。我且南游吴越之王，激西江之水而迎子，可乎？”鲋鱼愤然作色曰：“吾失我常与，我无所处。吾得斗升之水然活耳，君乃言此，曾不如早索我于枯鱼之肆！”

——庄子《庄子·外物》

庄子家已经贫穷到揭不开锅的地步了，无奈之下，他只好到监河侯家去借粮。

监河侯见庄子登门求助，很爽快就答应了，他说：“等我收到租税后，马上借给你三百两银子。”

庄子知道他这是在推托，很气愤，就对监河侯说：“我昨天赶路到府上来时，半路听见呼救声。我张望一周才发

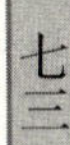

庄子求助监河侯

现，原来是一条鲫鱼躺在干涸的车辙里求救。”

庄子接着说：“它说它原来居住在东海，不幸掉进了车辙里。它哀求我给它一升水，救救它的命。”

监河侯听了忙问庄子：“那你是否给了那条鲫鱼一升水？”

庄子冷冷地说：“我说可以，等我到南方说服吴王和越王，请他们把西江的水引到你这儿来救你。”

监河侯听了，觉得庄子的救助方法十分荒唐，说：“它哪能等到那个时候呢？”

庄子说：“是啊，鲫鱼听了我的话后，气得睁大了眼，说：‘我马上就要干死了，只需几桶水就能救我，你说的引水全是空话，不等把水引来，我就已经成了鱼市上的干鱼了！’”

庄子只需借一点粮食，就可以解决挨饿之苦，监河侯却说等收到租税后再借给他银子，这跟鲫鱼只要一升水，就可以活命一样，哪里能等到引来西江之水呢？

慧言箴语

解决问题，要从现实条件出发，空话、大话、漂亮话，除了勾勒出说话人虚伪的嘴脸外，不解决任何实际问题。

齐王入朝于秦

齐王建入朝于秦，雍门司马横戟当马前曰：“所为立王者，为社稷耶？为王耶？”王曰：“为社稷。”司马曰：

“为社稷立王，王何以去社稷而入秦？”齐王还车而反。……秦使陈驰诱齐王，内之，约与五百里之地。

——刘向《战国策·齐策》

战国时期，秦王派宾客陈驰引诱齐王入秦，假称只要齐王听命于秦，就给他五百里土地。齐王听后，要投靠秦国，骑马走到城门口时，司马官将戟横挡在他的马前，说：“请问大王，我们是为国家立王，还是为您立王？”齐王说：“为国家。”司马说：“既然为国家，那么，您为何要抛弃国家而入秦呢？”齐王听了他的话后，调转马头回宫了。

齐国大夫即墨听说了这件事后，以为齐王是个能够听从劝谏的人，觉得可以与齐王共谋，于是进宫拜见齐王，说：“齐国方圆数千里，大军数十万。赵、魏、韩三国都不愿为秦国谋利。大王如果与赵、魏、韩三国联合，就能协助三个国家夺回曾被秦国占领的失地，还可乘机攻进秦国东边的临晋关。楚国也不愿意为秦国谋利，大王如果和楚国联合，不仅能帮助楚国收复被秦国占领的失地，还能乘机攻进秦国南边的武关。这样，齐国强大的威望将越来越高，不久就可以灭掉秦国了。若您舍弃称王于南方的机会，甘愿听命于秦，是很不明智的。”

可是齐王最终没有采纳即墨的意见，听信了陈驰的诱骗。齐王到了秦国才知道这是骗局，秦王把他安置在边远的共邑，居住在荒僻的松柏之间，他最终被活活饿死了。齐国人作了一首歌谣：“松树啊！柏树啊！让齐王死在共邑的，就是那些善于变诈的宾客啊！”

慧言箴语

不要被小利益冲昏了头脑，要始终保持清醒的头脑，分辨什么是真的、好的，什么是假的、坏的，以防掉进小人的圈套。

献鸠放生

邯郸之民，以正月之旦献鸠于简子。简子大悦，厚赏之，客问其故。简子曰："正旦放生，示有恩也。"客曰："民知君之欲放之，竞而捕之，死者众矣。君如欲生之，不若禁民勿捕；捕而放之，恩过不相补矣。"简子曰："然。"

——列子《列子·说符》

春秋时期，晋国有个大臣叫赵简子。他有个嗜好，就是在大年初一这天放生鸠鸟。百姓知道后，都纷纷捕捉鸠鸟，献给他，让他放生。每个献鸠鸟的人，都会得到赵简子的赏赐。所以每年初一这天，来赵简子家献鸠鸟的人络绎不绝。

赵简子的门客问他为什么要放生鸠鸟。赵简子说："大年初一放生，表示我爱护生灵，有仁慈之心。"门客说："您对生灵有仁慈之心，这的确难能可贵；可百姓知道您喜欢放生鸠鸟，都去山野里大肆追捕，这样一来，被打死打伤的鸠鸟不计其数啊！您若真心爱护生灵，就该下令禁止捕捉。如果像您现在这样，奖励百姓捕捉鸠鸟，然后再放生，那您对鸠鸟的仁慈还比不上您对它们造成的灾祸大呢！"

赵简子听了这番话，思考了一阵子，感叹地说："是这样啊！”

慧言箴语

寓言揭露了某些人只讲形式，不讲效果，沽名钓誉，假仁假义的伪善行为。

风马牛不相及

君处北海，寡人处南海，唯是风马牛不相及也。

——左丘明《左传·僖公四年》

西周时期，周昭王志大才疏，晚年时不理朝政，挥霍无度。为了征服长江中下游地区不服从周王室的蛮夷部族，他曾两次南征伐楚，每次都要渡过汉水。第一次南征没有遇到风险。第二次渡汉水时，当地百姓为周昭王造了一艘大船，人民因为痛恨昏庸无道的昭王，就把这船用胶粘成，当船行至江中时，胶遇水分解，大船也散架了，周昭王及大臣、官兵都纷纷落水而死。

到了春秋时期，诸侯国之一的齐国，国君齐桓公任用管仲为丞相，国力强盛，成为中原霸主。

齐国对南方的楚国极为不满，于是，便以当年昭王南征未归为借口，会盟北方七国准备联合攻楚。楚成王得知此消息后，觉得齐国是在进行毫无道理的侵略，他一边集合大军准备迎战，一边派屈原前去齐国质问齐桓公。屈原见到齐桓公后，责问道：“大王居住在遥远的北方，我们楚国在南方，两国相距很远，即使是像牛马那样放逸奔跑，互相追逐，也跑不到对方的境内去。大王为何不远千里前来侵犯我们的国家呢？”齐国丞相管仲回答说：“从前召康公命令我们的先祖说，无论是谁，无论他有多高的职位，如果他有罪，我们就有权去讨伐他，以此来辅佐周朝。召康公还赐给我们先祖征讨的范围：东到海边，西到黄河，南到穆陵，北到无棣。你们楚国常年不向周王纳贡，以致周王室的祭祀用品都供应不上，今天，我们特来替周王室向你们收取贡品。另外，周昭王在汉水落水溺死，也是你们所为。你们犯下了这滔天大罪，各诸侯国都非常气愤，所以特来向你们质问此事。”接着，他又历数了楚国的多条“罪状”，向屈原大逞威风。

屈原听后，慢慢起身答道：“若真的像管相说的那样，我们楚国没有按时纳贡，这可能是楚王公事繁忙，一时失察所致，以后我们保证按时交齐便是。共同辅佐周王是我们的责任，楚国岂敢不纳贡品？至于周昭王汉水溺死一事，你们向我们质问，倒不如去问汉水。”管仲一时为之语塞，接着威胁说：“你看，我们各路诸侯联军这么强大，你们楚国是根本没有办法抵挡的。”不料屈原不卑不亢地答道：“您这样说也未免太小看我们楚国了，要是凭武力的话，我们楚国以方城（楚长城）作城墙，用汉水作壕沟，你们就是再来更多的军队，也未必打得过来。”屈原一席话，把素以善辩著称的管仲也驳得无话可说。

齐国看楚国军队如此强大，准备充足，便不敢轻举妄动，权衡利弊之后只好撤兵回国了。

慧言箴语

齐国与楚国相隔千里，但齐国寻找借口，联合盟国，准备讨伐楚国，这是别有用心的行为。当人们打算要采取行动的时候，总会去找一些借口，发动战争这样影响重大的军事行动更需要借口。而在冠冕堂皇的借口背后所隐藏的真正动机，通常是和利益有关的，这是千古不变的真理。

屈原说齐王

举棋不定

奕者举棋不定，不胜其耦。

——左丘明《左传·襄公二十五年》

春秋时期，卫国国君卫献公横征暴敛，草菅人命，百姓对他恨之入骨。周灵王十三年，卫国大夫孙文子和宁惠子发动军事政变，把卫献公赶下了台。卫献公只好带着母亲和弟弟逃到了齐国，过着流亡的生活。

驱逐了卫献公之后，孙文子和宁惠子把持了朝政，并新立了卫殇公公孙剽为国君，重新治理国家。可是后来，宁惠子却后悔了，觉得自己驱逐国君的行为是一生的污点，所以他在临死之前把儿子宁悼子叫到跟前，对他说："我这辈子做了一件很可耻的事情，就是赶走了国君。我现在十分后悔，我的恶名已经传遍了各诸侯国，现在希望你能去齐国把国君接回来，让他继续统治卫国。希望这样能洗刷我的耻辱，否则九泉之下我也难以瞑目！"宁悼子含泪答应了父亲的要求。

逃亡到齐国的卫献公也不甘心失败，他多次游说齐国等诸侯国，到处进行复国活动。当宁悼子派人到齐国找到他，告诉他要接他回去重掌朝政时，他心花怒放。

为了不让宁悼子有什么疑心，卫献公假惺惺地派人回国与宁悼子联系，并向宁悼子许诺：复国后，决不干预国政大事，只掌管宗庙、祭祀等一类的事。国事全交由宁悼子负责处理。宁悼子得到卫献公的许诺后，心里非常高兴，心想这样一来不但可以完成父亲的遗愿，自己也不会失掉手里的权力。当下他就召集群臣商议此事。但是，众大夫极力反对献公复位，特别是大夫右宰毂见了献公以后，回来劝宁悼子说：“献公虽在外流亡了十二年，但粗暴的脾气一点没有变，要让他回来，大家的死期就到了。”另一位大夫叔仪也警告宁悼子说：“现在你们宁家对待国君，还不如下棋认真谨慎。如果下棋的人拿着棋子犹豫不定，就一定不能战胜对手。对待拥立国君这样的大事，不能这样摇摆不定。你们宁家一会儿把他赶走，一会儿又要接他回来，一定会有灭族之祸的。”可是宁悼子一意孤行，沉浸在卫献公回国后可以独揽大权的幻想里，以“先父遗命”为借口，不听众大夫劝告，执意要把卫献公迎回国。为了迎接卫献公回国，他甚至灭了孙氏，杀掉了卫殇公公孙剽，最终迎回了献公。

卫献公复位后，根本就没有兑现自己的诺言，而是利用大夫公孙免馀，除掉了宁悼子，消灭了宁氏势力，报了自己被宁氏驱逐之仇。

慧言箴语

宁悼子一意孤行，不听规劝，野心勃勃地生活在卫献公所承诺的幻想里；他不辨是非，引狼入室，帮助卫献公复国，结果被抄家灭族。之所以会这样，主要是因为他利欲熏心，被卫献公的承诺冲昏了头脑，以致失去了辨别是非的能力。可见，利令智昏啊！

黄公嫁女

齐有黄公者，好谦卑，有二女，皆国色。以其美也，常谦辞毁之，以为丑恶。丑恶之名远布，年过而一国无聘者。卫有鳏夫时，冒娶之，果国色。然后曰：“黄公好谦，故毁其子不姝美。”于是争礼之，亦国色也。

——尹文《尹文子·大道上》

齐国有一个姓黄的老相公，无论行事还是说话都十分谦虚。他有两个妙龄女儿，长得容貌艳丽、体态婀娜，一言一行都很高贵优雅，堪称国色天香。可是，黄公太谦虚了，甚至总是贬低这两个女儿。每与人提及自己的女儿，他就谦卑地说：“小女相貌丑陋，一无是处，实在不值一提。”时间长了，人们都信以为真，以为他的两个女儿都长得丑陋不堪。因此，这两个女儿到了婚嫁年龄，却没有一个上门求亲的人。

卫国有个人死了老婆，无钱再娶，听说黄公的女儿相貌丑陋，年龄不小了还没有许配人家，就跑到黄家求婚。黄公虽然嫌卫人是已婚之人，但因考虑到自家女儿老大不小，只得同意，就把大女儿嫁给了他。等到婚礼完毕，卫人揭开盖头一看，大吃一惊，妻子竟然是个绝代美人！卫人问妻子：“为何你如此貌美天仙，却找不到人家呢？”妻子抹着眼泪说：“这都怪父亲，在外人面前过分谦虚，故意贬低我们姐妹俩的相貌。别人以为我们丑陋，哪还有人敢娶啊！”

后来，卫人逢人就说：“黄公喜欢谦虚，总说自己的女儿长得丑，其实他的两个女儿都是少见的美人。”消息很快传开了，许多名门望族都竞相迎娶他的二女儿。一时间，黄公家门庭若市。没多久，二女儿也嫁人了。

慧言箴语

一个人懂得谦虚诚然可贵，但是谦虚也要尊重客观实际，适可而止。如果违背事实，谦虚过度，就是虚伪了。

仇由迎钟

知伯将伐仇由，而道难不通。乃铸大钟遗仇由之君。仇由之君大说，除道将内之。赤章曼枝曰：“不可。此小之所以事大也，而今也大以来，卒必随之，不可内也。”仇由之君不听，遂内之。

——韩非《韩非子·说林上》

仇由国是春秋时期的一个小国，邻国晋国是个大国。当时，晋国的智伯一直计划着发兵攻打仇由国。可是去往仇由国的道路十分狭窄，异常艰险，兵马难行，想要取胜并非易事。

智伯挖空心思想出了一个计策。他令人铸造了一口很精美的大钟。这个大钟比通往仇由国的道路要宽出很多倍。然后他派使者告诉仇由国的国君说，要把这口大钟赠予他，只是碍于道路狭窄，请他拓宽道路，准备迎接。仇由国的国君接到消息后，喜出望外，立即下令修建道路。

赤章曼是仇由国的一个谋士。他知道这件事后，立即来劝谏国君说：“万万不可把道路修好啊！赠送礼物原本应该是小国对大国的尊崇方式。现在大国反而送礼物给小国，这里面定有玄机。晋国已经歼灭很多国家了，我们国家能像现在这么安定，就是因为我们地处偏远，道路狭窄，行军不便。如果我们现在为了区区一口钟，大兴民力修建道路，那么等路修好了，晋国一定会来攻打我们的，千万不可因小失大啊！”

可是，仇由国的国君竟不以为然地说：“虽说你平时计谋很多，可是这一次，你实在是多虑了。晋国要送我们那么华丽的大钟，怎么会有恶意呢？这一定是晋国想和我们建立友好关系的缘故。这是关系到千秋万代的大好事。”仇由国君贪图便宜，没有把赤章曼的劝阻当回事。

几个月后，道路修好了，又宽阔又平坦。仇由国君举行了隆重的迎接仪式，兴高采烈地将大钟运回了本国。可是没过几天，智伯的军队就顺着运钟的道路，大张旗鼓地侵入了仇由国，不费吹灰之力就将仇由国消灭了。仇由国国君悔恨自己当初没有听从劝告。

慧言箴语

要善于识破那些“包裹着糖衣的炮弹”，如果眼光狭隘，贪图小利益，不听良言，必招祸患。

诗礼发家

儒以诗礼发冢。大儒胪传曰："东方作矣，事之何若？"小儒曰："未解裙襦，口中有珠。""《诗》固有之曰：'青青之麦，生于陵陂。生不布施，死何含珠为？'""接其鬓，压其颛，儒以金椎控其颐，徐别其颊，无伤口中珠。"

——庄子《庄子·外物》

古时候有两个儒士，虽饱读诗书，却专干掘墓盗财的事情。为人还极其迂腐，在掘墓的时候，他们总是吟诗作对，甚至力求每一个动作都符合诗书里的规范。

一天夜里，两人又跑到荒郊野外，偷窃随葬品。他们像往常一样分工，大儒放风，小儒钻墓穴。

大儒站在外面，四下瞧瞧，字正腔圆地说："东方已发亮了，事情进展得怎么样了？"

小儒在墓穴里，一边费力地剥死人的衣服，一边说："进展得很快，就差裙子和袄子没脱了，我突然发现，他的口中含着一颗闪闪发光的珠子。"

大儒一听，搓搓手掌自言自语道："真是不虚此行啊！"又赶忙对小儒说："见了珠子，还犹豫什么，快取出来！《诗经》早就记载：'青青之麦，生于陵陂。生不布施，死何含珠为？'"

小儒说："他紧紧地闭着嘴呢，怎么取啊？"

大儒回答说："揪住他的头发和胡须，压着他的面颊，然后用金椎子撬开他的下巴，慢慢分开他的颊骨，只要不弄伤了口中的珠子就行。"

慧言箴语

伪君子们总是口是心非、道貌岸然，明明做了坏事，还振振有词，引经据典。

乐羊的"忠心"

乐羊为魏将而攻中山。其子在中山，中山之君烹其子而遗之羹，乐羊坐于幕下而啜之，尽一杯。文侯谓睹师赞曰："乐羊以我之故，食其子之肉。"赞对曰："其子之肉尚食之，其谁不食！"

——刘向《战国策·魏策一》

乐羊本是中山国的人，后来他投奔了魏国。一次，乐羊主动要求率领魏国的军队去攻打自己的故国中山国，以显示自己对魏国的忠心。

当时，乐羊的儿子还留在中山国。中山国禁不住魏军的猛烈进攻，正当无计可施之际，君臣经过一番商议，就把乐羊的儿子抓来，吊在城楼上，想以此要挟乐羊退兵。出乎意料的是，乐羊并没有受其威胁，依然指挥军队猛攻。

中山国的将士们见乐羊这么无情无义，一气之下就把他的儿子杀了，还将他的儿子煮成肉羹，派人送给乐羊吃。而乐羊竟然将用儿子的血肉做成的汤喝了个干净，仍然丝毫不减对中山国的攻势。由于乐羊攻城态度坚决，不拿下中山国决不罢休。经过几番激战，中山国终于被乐羊所灭。

战争的胜利使魏国的疆域又扩大了，乐羊立了大功。

在庆功会上，魏王给了乐羊很重的奖赏。可事后，魏王竟开始冷落乐羊，什么事情都不找他商议，一点也不信任他了。

有人对此十分不解，问魏王："乐羊为您立下了这么大的功劳，您为何疏远他呢？"

魏王摇摇头说："一个人为了自己的利益，连自己的故国、儿子都毫不顾惜，除了他自己，他还会对谁忠诚呢？我怎么能信任这么一个狠心的人呢？"

慧言箴语

乐羊为了自己的利益不惜背叛自己的国家，而且连儿子的性命也不顾，他的"忠心"恰恰暴露了他背信弃义、狠毒阴险的本性。这样的人应遭到唾弃。

小吏烹鱼

昔者有馈生鱼于郑子产，子产使校人畜之池。校人烹之，反命曰："始舍之，圉圉焉，少则洋洋焉，悠然而逝。"子产曰："得其所哉！得其所哉！"校人出曰："孰谓子产智，予既烹而食之，曰：'得其所哉！得其所哉！'"

——孟子《孟子·万章上》

子产是春秋时期很有名的政治家。

某一天，有人给子产送来了一条鲜活的大鱼。子产便叫一个小吏把鱼放到池塘里养起来。

这小吏拎着鱼向池塘走去，一见这鱼这么肥美，禁不住诱惑，就悄悄地拿回去煮着吃了。

事后，小吏前来报告子产，并故意装出苦恼的样子说：“我已经把那条鱼放到池塘里去了。那鱼刚一入水还呆呆地不动，可不一会儿就甩着尾巴游了起来，一头钻进深水中，没了影儿，不知去向了！”

子产听了高兴地说：“这是‘如鱼得水’啊！看来鱼儿是找到好的去处了，我们应该为它高兴才是。”

小吏见谎话没有被识破，从子产那里出来时便很得意，自言自语地说：“都说子产很聪明，我看有点言过其实。这么容易就被人骗了，算什么聪明！鱼已经被我煮着吃了，他还说找到好去处了。看来，这好去处就是我的肚子了。”说完，小吏大笑起来。

慧言箴语

子产被小吏蒙骗的事说明，要善于识破那些看似合情合理的谎言。

朝三暮四

宋有狙公者，爱狙，养之成群。能解狙之意，狙亦得公之心。损其家口，充狙之欲。俄而匮焉，将限其食，恐众狙之不驯于己也，先诳之曰：“与若芧，朝四而暮三，足乎？”……众狙皆伏而喜。

——庄子《庄子·齐物论》

宋国有一个叫狙公的人，养了一大群猕猴。时间久了，人猴之间形成了一种默契。狙公几乎能从猕猴的一举一动中，猜出它们的心思；猕猴也能从狙公的表情、话音和行为举止中领会他的意图。

狙公养了这么一大群猕猴，每天都要吃掉很多粮食。偏巧这年庄稼歉收，狙公家里的存粮连给人吃都不够，喂养猕猴就更难了。狙公居住的村子里有一棵大栎树，栎树上结满了橡子。狙公想：每天摘些橡子回去喂猕猴，不就能节省粮食了吗？于是狙公就每天摘橡子给猕猴吃，猕猴果然很喜欢。

一个月后，树上的橡子已所剩无几。狙公对猕猴说："从现在起要省点吃，今后你们每天早晨吃三粒，晚上吃四粒，怎么样？"猕猴一听都急了，个个立起身子、抓耳挠腮，对着狙公叫喊发怒。狙公知道它们是嫌给的橡子太少。狙公见猕猴不肯服从，就换了一种方式

说："既然你们嫌我给的橡子少，那就改成每天早上四粒，晚上三粒，行吗？"猕猴一听这话都安静下来了，眨着眼睛，露出了高兴的神态。

名家典籍

《庄子》的句式富于变化，或顺或倒，或长或短，加之词汇丰富、描写细致，又常常不规则地押韵，极有独创性。

慧言箴语

有些人喜欢用"朝三暮四"的手法来欺骗人。我们在看待事情时，要摒除假象的诱惑，注重实际内容。

励志

坚强的意志是事业成功的保证，而经受挫折正是锻炼意志、增加能力的好机会，正所谓『天将降大任于斯人也，必先苦其心志，劳其筋骨，饿其体肤……曾益其所不能』

不受嗟来之食

黔敖为食于路，以待饿者而食之。有饿者蒙袂辑屦，贸贸然来。黔敖左奉食，右执饮，曰：“嗟！来食！”扬其目而视之，曰：“予唯不食嗟来之食，以至于斯也。”从而谢焉，终不食而死。

——《礼记·檀弓》

春秋时期，有一年，齐国发生了旱灾，庄稼都枯死了，穷苦的百姓没有粮食吃，一个个都饿得头昏眼花，快要死了，而富人家的粮仓里却堆满了粮食。

有一个富人名叫黔敖，看着穷人一个个饿得东倒西歪的样子，幸灾乐祸，想戏弄一下这些灾民。黔敖故意把窝窝头摆在路边。每当有饥民走来，他就傲慢地吆喝道：“叫花子，给你吃吧！”然后把窝头扔在地上滚出去很远，看着饥民们爬过去捡。自己便在一旁哈哈大笑。不一会儿，远处走过来一个瘦骨嶙峋的饥民，只见他破衣烂衫，蓬头垢面，十分狼狈。他已经好几天没吃东西了，走起路来摇摇晃晃的。

黔敖看见这个饥民的模样，特意拿了两个窝窝头，还盛了一碗汤，对着这个饥民大声叫道：“喂，过来吃！”饥民没有理他。黔敖又叫道：“嗟，听到没有？给你吃的！”只见那饥民突然精神振作起来，瞪眼看着黔敖说：“收起你的食物！我宁愿饿死也不吃嗟来之食！”

黔敖万万没料到，在饥饿面前居然还有人能保持尊严。他满面羞惭，一时说不出话来。

名家典籍

《礼》即《礼记》，是儒家五经《诗》《书》《礼》《易》《春秋》之一 。三礼是指《周礼》《仪礼》《礼记》。

慧言箴语

做人要有骨气，人穷志不短。我们可以接受善意的帮助，但绝不能低三下四地接受别人的施舍。

痀偻承蜩

仲尼适楚，出于林中，见痀偻者承蜩，犹掇之也。仲尼曰："子巧乎！有道邪？"曰："我有道也。五六月累丸二而不坠，则失者锱铢；累三而不坠，则失者十一；累五而不坠，犹掇之也。吾处身也，若橛株拘；吾执臂也，若槁木之枝；虽天地之大，万物之多，而唯蜩翼之知。吾不反不侧，不以万物易蜩之翼，何为而不得！"

——庄子《庄子·达生》

一次，孔子到楚国去，穿过一片树林时，看见一个驼背老人正拿着长长的竹竿粘蝉，动作非常娴熟，只要他想粘的蝉没有一个能跑得掉的。

孔子看了一会儿，问他："你的技术这么灵巧，有什么窍门吗？"

驼背老人回答说："当然有窍门。五六月时，我练习

痀偻承蜩

在竿头上叠放粘丸，当在竿头叠放两个粘丸而不掉下来时，捕蝉时就很少有蝉能跑掉；当叠放三个粘丸而不掉下来时，捕蝉时跑掉的蝉就更少了；当叠放五个粘丸而不掉下来时，捕蝉就很容易了。另外，捕蝉时，我的身子总是纹丝不动，就像树桩一样；举竿的手臂，也稳稳当当地不乱晃。尽管天地广大，万物繁多，但捕蝉时，我的眼中只有蝉的翅膀。我一动不动，专心致志，怎么会捉不到蝉呢？”

孔子听了，回头对他的学生们说：“用心专一、精神集中才能干好一件事，这就是驼背老人所说的道理啊！”

慧言箴语

只有用心专一，艰苦努力，持之以恒，才能学好本领。

臧谷亡羊

臧与谷，二人相与牧羊而俱亡其羊。问臧奚事，则挟策读书；问谷奚事，则博塞以游。二人者，事业不同，其于亡羊均也。

——庄子《庄子·骈拇》

有一个叫臧和一个叫谷的孩子，他们以放羊为生。

一天，他们放羊回来时，居然没有带回羊群。

邻居好奇地问他们：“你们的羊哪去了？”

臧低着头说：“我在树下看书，看得入了迷，忘了照看羊群，羊群不知道什么时候就跑丢了。”

谷瞥了臧一眼，回答说：“我可不像他那个样子，我是在山下和别人赌博，玩得忘了时间，羊才跑光了。”

邻居听了，摇了摇头说：“你们虽然丢羊的原因不同，但毕竟都弄丢了羊，结果是一样的，有什么区别呢？”

慧言箴语

一个人从事任何工作时，都必须全神贯注，不能玩忽职守，否则很容易遭受损失。

纪昌学射箭

纪昌者，又学射于飞卫。飞卫曰：“尔先学不瞬，而后可言射矣。”……二年之后，虽锥末倒眦，而不瞬也。以告飞卫。飞卫曰：“未也，必学视而后可。视小如大，视微如著，而后告我。”昌以牦悬虱于牖，南面而望之。……飞卫高蹈拊膺曰：“汝得之矣！”

——列子《列子·汤问》

甘蝇是古代著名的射箭高手。他只要一拉弓，将箭射向野兽，野兽就会应声而倒；将箭射向天空飞翔着的飞鸟，飞鸟就会顷刻间从空中坠落下来。甘蝇的弟子飞卫勤学苦练，本领在师父之上。有个叫纪昌的人要拜飞卫为师。飞卫对纪昌说：“你先要练习在任何情况下都不眨眼，等你练好了这个本领再来跟我学射箭。”

纪昌回到家后，每当妻子织布的时候，他就躺在织布

甘蝇射飞禽

机下，两眼一眨不眨地盯着穿来穿去的梭子看。苦练了两年后，纪昌终于练好了这个功夫。

他去拜见飞卫时，飞卫说："这还不行，除了有不眨眼的本领，还要有能看的本领，要能把小的东西看得很大、很清楚。等你学会了这个本领再来见我。"

纪昌回到家，用一根牛尾毛拴了一个虱子，挂在窗口，每天都盯着它看，从不间断。三年过去了，他竟然能把一个虱子看得跟车轮一样大。看其他物体时，也都能把它们看得很大。纪昌拿来一张弓，搭上箭，向虱子射去，箭正好从虱子正中间穿过去，而挂虱子的牛尾毛却没有断。

纪昌连忙去找飞卫。飞卫高兴地说："你已经学会射箭了。"

慧言箴语

要学好本领，必须苦练基本功，并且持之以恒。只有坚持不懈地练习，才能学有所成。

愚公移山

太行、王屋二山，方七百里，高万仞。……北山愚公者，年且九十，面山而居。……聚室而谋曰："吾与汝毕力平险，指通豫南，达于汉阴，可乎？"杂然相许。……寒暑易节，始一反焉。河曲智叟笑而止之，曰："甚矣，汝之不惠。"

——列子《列子·汤问》

古时候有个年近90的老汉，平时不爱多说话，总是闷着头做自己的事情，因此人们叫他愚公。

愚公生活的地方很闭塞，因为太行和王屋这两座大山隔断了交通，给人们带来了很多不便。

有一天，愚公萌生了一个想法。他想把这两座大山挖平，以方便乡亲们的出行。他召集全家说："我想和你们一起挖平那两座大山，你们愿意吗？"家人没有反对，只有他的妻子提出疑问，说："把挖下来的土石放到哪里去呢？"愚公说："把它们扔到渤海的边上。"

于是他率领三个儿孙，挑着担子开始了他们的计划。他们敲凿石头，挖掘泥土，用畚箕向渤海的边上运去。

邻居的寡妇有个孤儿，刚七八岁，也蹦蹦跳跳地来帮他们运土石。

因为距离渤海很远，他们需要用几个月的时间才能往返一趟。

同村有个头脑精明的老头，人家都叫他智叟。智叟见愚公这么卖力，不禁嘲笑说："你太愚蠢了。都是快死的人了，何必浪费力气挖土石呢？"愚公说："你思想太顽固，连孤儿寡妇都不如。即使我死了，还有儿子在呀；儿子生孙子，孙子又生儿子，一代代延续下去，是没有穷尽的。而山却一天天变小，还愁挖不平吗？"智叟无言以对了。

天帝被愚公的诚心和毅力感动了，派了两个神仙背走了那两座大山——愚公的愿望成真了。

名家典籍

列子主张摆脱人世间贵贱、名利的羁绊，顺应大道，淡泊名利，清静修道。

慧言箴语

愚公面对困难毫不退缩、坚持不懈的精神启发我们，无论多么困难的事情，只要有恒心、有毅力，就有可能成功。

子罕不受玉

献玉者曰："以示玉人，玉人以为宝也，故敢献之。"子罕曰："我以不贪为宝，尔以玉为宝，若以与我，皆丧宝也，不若人有其宝。"子罕置诸其里，使玉人为之攻之，富而后使复其所。

——左丘明《左传·襄公十五年》

春秋时期，一个乡民获得了一块璞玉，拿去献给宋国的大夫子罕。子罕拒不接受。乡民说："这可是一件宝玉呀，我是请玉工鉴定过，才敢进献给您的！"子罕说："你把美玉当作宝物，我却把不贪婪当作宝物。如果你把玉给了我，我们两人就都丧失了宝物，不如各自保留宝物吧。"

名家典籍

《左传》原名《左氏春秋》，相传为春秋末年鲁国史官左丘明所著，是儒家重要经典之一。

慧言箴语

璞玉虽宝贵，但一个人高尚廉洁的品质、抵制财富诱惑的意志更宝贵。

和氏璧

和乃抱其璞而哭于楚山之下，三日三夜，泣尽而继之以血。王闻之，使人问其故。曰：“天下之刖者多矣，子奚哭之悲也？”和曰：“吾非悲刖也，悲夫宝玉而题之以石，贞士而名之以诳，此吾所以悲也。”

——韩非《韩非子·和氏》

楚国有一个叫卞和的人。一次，他在山中得到了一块尚未雕琢的璞玉，便拿着这块璞玉去进献给楚厉王。楚厉王叫玉匠鉴定这块璞玉。玉匠看了以后对厉王说：“这只是一块普通的石头。”厉王听完，勃然大怒，以为卞和故意欺骗他，就下令砍掉了他的左脚。卞和忍痛含冤离去。

厉王死了以后，武王继位。卞和又带着那块璞玉去献给武王。武王也找来玉匠鉴定那块璞玉。可玉匠仍说它是一块普通的石头。武王也很气愤，下令砍掉了卞和的右脚。

武王死了以后，文王继位。卞和来到楚山脚下，抱着那块璞玉痛哭起来。他一连哭了三天三夜，泪水都哭干了，眼里流出了血。文王知道了这件事后，派了一个差官去了解情况。差官问卞和：“天下受砍脚之刑的人很多，为什么唯独你长期悲痛不已呢？”卞和说：“我伤心并不是因

卞和献璧

为脚被砍断。我痛心的是宝玉被人说成是普通石头；我忠心耿耿却被当成骗子。”

文王听了差官的汇报以后，又找玉匠来鉴定那块璞玉。这一次，玉匠用凿子敲掉了璞的表层，得到了一块洁白无瑕的美玉。文王便命玉匠把这个稀世罕见的玉石雕琢成璧，并给它起了个名字，叫“和氏璧”，用以昭示卞和的胆识与忠贞。

慧言箴语

卞和赤胆忠心，忠贞不渝。更令人敬佩的是他的意志坚强如钢，从不轻言放弃。

列子家贫

使者去，子列子入，其妻望之而拊心曰：“妾闻为有道者之妻子，皆得佚乐，今有饥色。君过而遗先生食，先生不受，岂不命邪！”子列子笑谓之曰：“君非自知我也。以人之言而遗我粟，至其罪我也又且以人之言，此吾所以不受也。”

——庄子《庄子·杂篇》

战国时期的思想家列子，生活很贫困，家中经常缺衣少食。

有一次，列子家又没有粮食吃了，便带着妻子上山挖野菜充饥。夫妻二人都面黄肌瘦，走起路来身体都摇晃了。

有人听说了这件事，就对郑国的上卿子阳说：“列子是一位很有品德的人，居住在你治理的国家却遭受了贫困，一定是你不喜欢贤达的士人吧？”子阳很想得到一个重视贤士的名声，就立即派官吏给列子送去了一车的粮食。

列子见到送粮的官吏，问明了原因后，再三辞谢，却没有接受子阳的馈赠。送粮的官吏只得把粮食又带了回去。

官吏走后，列子的妻子埋怨他道：“我听说给有道义的人当妻子，都能够享尽逸乐，可是如今我却面有饥色。子阳瞧得起你，才会赠送粮食给你，你为什么不接受呢，难道是命里注定要忍饥挨饿吗！”

列子说：“郑相子阳并不是真正了解我。他是听到别人的谈论，才派人赠送我粮食的。如果有一天，他想加罪于我，也一定会凭借别人的言论。况且，接受别人的东西后，在人家有难时袖手旁观，那是不道义的；如果以死报效一个没有道义的人，更是不道义啊。这就是我不接受的原因。”

慧言箴语

即使身处逆境，也要遵守自己的原则和立场，不可贪图不义之人的不义之财，失掉做人的道义和操守。

胯下之辱

淮阴屠中少年有侮信者，曰：“若虽长大，好带刀剑，中情怯耳。”众辱之曰：“信能死，刺我，不能死，出我袴下。”

于是信孰视之，俯出袴下，蒲伏。一市人皆笑信，以为怯。

——司马迁《史记·淮阴侯列传》

韩信是汉朝的开国功臣，这位叱咤风云的一代战将出身贫寒，年轻的时候曾忍受过很多屈辱。

当时，由于家里一贫如洗，既不会务农又不懂得经商的韩信只好依靠乡邻的接济艰难度日。

有一段时间，韩信投靠在一个亭长家，后来因为亭长妻子的故意刁难，就离开了。饥肠辘辘的韩信便开始每天到河边钓鱼，靠那些小鱼果腹。一位在河边洗衣服的老大娘看到韩信后，心生怜悯，便将自己带来的饭送给韩信吃。此后一连十几天，老大娘每天都给韩信带饭吃。韩信非常感激老大娘的恩德，发誓以后一定要报答老大娘的赐饭之恩。老大娘却说："我哪里是要图你的回报，只不过是看到你这样一个年轻力壮的小伙子竟然沦落到这种地步，可怜你罢了。"

韩信想到自己堂堂一个男子汉，居然每天靠乞食为生，确实有些说不过去。于是，他便更加努力的研习兵法，期望能凭自己过人的本领辅佐帝王，成就千秋霸业。

一天，韩信在街上碰到一个年轻的屠夫。这个屠夫平时就很看不起韩信，便挑衅说："你每天都带着佩剑在街上走来走去做什么呢？别看你长得高大魁梧，其实你不过是一个懦夫！"

韩信看了屠夫一眼，没有吭声。屠夫见韩信没反应，以为他真的怕自己，就故意大声说道："你这个懦夫，怎么不回答啊？这样吧，如果你不承认自己是懦夫，就刺我一剑吧！但如果你不敢刺我，就说明你是个懦夫！那样的话，你就从我的胯下爬过去吧！”说完他哈哈大笑起来，引来无数路人的围观。

人们都以为韩信会拔出剑来刺屠夫，却想不到韩信居然在众目睽睽之下，突然弯下腰，从屠夫的胯下钻了过去。从此以后，大家都认为韩信是个没有骨气的懦夫。

后来，项梁起兵造反，韩信投身义军，想要有所作为。可惜，他一直没有得到项梁的重用。项梁死后，韩信就跟随项羽的楚军辗转作战，也没能得到项羽的赏识，只做了一个小小的郎中官。他曾经几次向项羽提出军事作战策略，但都没有被采纳。

心灰意冷的韩信知道楚军不是自己的容身之地，便想寻找时机离开。这时，正赶上汉王刘邦率兵进入蜀地。于是，

韩信受胯下之辱

韩信从楚军军营逃了出来，直接投在了汉军帐下。后来韩信坐法当斩，同案的十三人都已处斩，快轮到韩信的时候，韩信举目仰视，看到了滕公夏侯婴，说：“汉王难道不想夺得天下吗？为什么要斩杀能帮他打天下的壮士！”夏侯婴觉得此人话语不同凡响，又看他相貌威武，就放了他。同韩信交谈后，夏侯婴很欣赏他，于是进言汉王。但是汉王并没有发现韩信有与众不同的地方，就只封他做一个管理粮仓的小官。最后，在萧何的大力举荐下，刘邦才拜韩信为大将。韩信果然不负众望，为刘邦想出了很多定国安邦的良策，帮助刘邦夺得了天下。

彻底消灭项羽后，功勋卓著的韩信被刘邦封为楚王。韩信想起年轻时的遭遇，便派人四处寻找曾经帮助过他的人。他用一千两黄金报答了老大娘的赐饭之恩，然后，又派人带来了那位亭长，只赏给他一百钱，并对他说：“你原本是好心收留我，可惜你好事没能做到底，我只能用这一百钱来回报你。”

最后，韩信又让人找来了那位曾让他承受胯下之辱的屠夫。知道韩信当年遭遇的人都以为韩信这次一定是要报当年的胯下受辱之仇，没料到韩信不但没惩罚那个屠夫，反而提拔他为楚国中尉。韩信手下的将领们都觉得非常诧异。

韩信对大家说：“我今天没杀他你们都觉得很奇怪吧！其实，他才是真正帮助我的人！难道你们真的认为当年我是因为害怕他才不敢杀他的吗？不是的！因为当时我想到如果杀了他，不但我自己难逃惩罚，恐怕连今后的抱负都难以实现了。所以我强忍屈辱，这样一来别人就都以为我

是无能之人，再也不会来骚扰我，我就有更多的时间去研习兵法。再者，正因为受过那样的奇耻大辱，在被汉王赏识前，不管受到多大的羞辱我都觉得没什么。可以说，是他帮助我磨炼了意志，成就了今天的韩信，我怎么能不感谢他呢？”

众将士听了，恍然大悟。

慧言箴语

中国有一句俗语叫“忍一时风平浪静，退一步海阔天空”。古今中外，凡是有所作为的人，都会在明确了自己的目标以后，为了理想而不断努力。在这一过程中，忍受一些常人无法忍受的痛苦是在所难免的。而韩信所遭受的“胯下之辱”恰恰说明了：经受挫折的人更容易奋发图强，更容易取得成功。正所谓“大丈夫能屈能伸”、“小不忍则乱大谋”。

不食盗食

东方有士焉，曰爰旌目。将有适也，而饿于道，狐父之盗曰丘，见而下壶餐以哺之。……爰旌目曰：“嘻！汝非盗邪？胡为而食我！吾义不食子之食也！”两手据地而吐之，不出，喀喀然伏地而死。

——吕不韦《吕氏春秋·介立》

东方有个名叫爰旌目的人。一次他要到远方去，可在赶路途中却饿倒了，只有一息尚存。狐父有一个叫丘的强

盗，见爱旌目饿倒在地上，就拿来一些汤水喂他吃。

爱旌目吃几口后，慢慢睁开眼睛，问："你是谁？"

丘说："我是狐父人，名字叫丘。"

爱旌目说："你不就是那个人人憎恶的强盗吗？我是个遵守道义的人，不吃强盗之食！"说罢，他两手撑在地上用力呕吐。呕吐不出来，他便急促地咳了几声就栽倒在地上，死了。

慧言箴语

爱旌目宁愿饿死也不吃强盗的食物。他在饥饿面前仍能坚守道义的做法，令人尊敬。其实，守住精神就是守住生命。

孟贲不易勇

人谓孟贲曰："生乎？勇乎？"曰："勇。""贵乎？勇乎？"曰："勇。""富乎？勇乎？"曰："勇。"

——尸佼《尸子校正》

孟贲是战国时代的一位骁勇之士。他在战场上总是勇往直前，所向披靡，令敌人闻风丧胆。

有人问孟贲："生命与勇敢相比，您认为哪一个更重要呢？"

孟贲不假思索地回答说："当然是勇敢！"

"那么，显赫的官位与勇敢作比较，你认为哪一个重要呢？"

“还是勇敢！”孟贲的回答斩钉截铁。

“若用万贯家财与勇敢相比，你选择什么呢？”

孟贲毫不迟疑地回答：“勇敢！”

对于很多人来说，生命、官职、财富是极其宝贵而又难以得到的东西；可是在孟贲眼中，它们都不能跟人的勇敢相比。孟贲面对各种诱惑，还能坚持自己的原则，这种精神是多么可贵啊！

名家典籍

尸子名佼，鲁国人，是商鞅的师傅。《尸子》一书早佚，后由唐代魏征，清代惠栋、汪继培等人辑成。

慧言箴语

一个人的生命中最宝贵的是人格、品行，无论在何种情况下，都应该坚守。

求学

英国著名哲学家培根说过：『狡诈者轻鄙学问，愚鲁者羡慕学问，聪明者则运用学问。』生命有涯，知识无穷，人要活到老，学到老，用到老。

废寝忘食

叶公问孔子于子路，子路不对。子曰："女奚不曰，其为人也，发愤忘食，乐而忘忧，不知老之将至云尔？"

——《论语·述而》

孔子是春秋时期著名的思想家、教育家。他开创了对我国后世影响极深的儒家学派，其一生留下了许多经典语录，被他的传人收集、编纂成《论语》一书。

孔子在晚年时，前往各国游历。六十四岁时，孔子来到了楚国的叶邑（今河南叶县附近）。叶邑有一位在当地声名显赫的大夫，叫作沈诸梁，他被当地人尊称为"叶公"。叶公久闻孔子大名，但并不清楚孔子到底是怎样的人。他向孔子的学生子路询问孔子的为人，子路一时不知该如何回答。

这件事被孔子知道以后，他这样对子路说道："你何不如此回答他：'孔子钻研学问孜孜不倦，废寝忘食。他每日沉浸在学习的快乐中，不但感觉不到疲倦烦恼，而且连自己的年岁也抛在脑后了？'"

慧言箴语

孔子被后人称为圣人，同时也是一个实实在在的"真人"。他对自己、对他人、对社会都抱以坦诚的态度，从不掩饰自己的崇高理想，并为了实现理想而奔走四方、不断学习。他活得很实在，也很充实，用"废寝忘食"来形容他的学习精神确实很贴切。

不耻下问

敏而好学，不耻下问。

——《**论语·公冶长**》

生于春秋时代的孔子是我国伟大的思想家和教育家，也是儒家学派的创始人。他学问渊博，有弟子三千，在当时便被人们尊奉为“圣人”。

当时的人，从普通百姓到王公大臣，甚至是国君，有什么不懂的问题都喜欢向孔子请教，在他们眼中，孔子可以称得上是无所不知、无所不晓的人。然而，孔子并没有因为众人的推崇而骄傲自满，他总是认为“三个人在一起走路，总有一个人可以做我的老师”，因而愈加谦虚谨慎。

一次，孔子去太庙参加鲁国国君的祭祖典礼。他一进太庙，就向别人询问祭祖典礼的事，几乎把每个细节都问到了。当时有人讥笑他说：“谁说‘邹人之子’（孔子的父亲做过邹县的县官，所以当时有人把孔子称为‘邹人之子’）懂得礼仪？他来到太庙还不是什么事都要向别人询问！”

孔子听了那人的讥讽，一点也没有感到羞耻，反而微笑着回答道：“我对于自己不明白的事，必定会向别人虚心请教，这恰恰是我要求知礼的表现啊！如果明明不知道，却假装知道，而耻于向别人请教，那我就永远不会懂得礼

仪了。”

孔子为了增长学问和见识，曾向许多人拜师学习。他向郯子请教过官名，向苌弘学习过音律，跟师襄学习过操琴，还向老子请教过《周礼》中的有关道理。在当时，郯子、苌弘、师襄这些人的名声都远在孔子之下，然而孔子仍旧虚心向他们请教，学习他们的长处以弥补自己的不足，所以学问日益精进，成为一位对后世有着深远影响的儒学大师。

当时，卫国有一个大夫名叫孔圉，他聪明好学又非常谦虚，深受卫国国君的尊敬。孔圉死后，卫国国君为了让后代的人都能学习和发扬他那种勤奋好学、谦虚谨慎的精神，特别赐给他一个“文公”的称号。孔子的学生子贡也是卫国人，但是他却不认为孔圉配得上那样高的评价。有一次，他问孔子说：“孔圉的学问及才华虽然很高，但是比他更杰出的人还有很多，凭什么赐给他‘文公’的称号呢？”

孔子听了微笑着说：“孔圉非常勤奋好学，头脑聪明灵活，而且如果有任何不懂的事情，他都会大方而谦虚地向别人请教，即使对方的地位或学问不如他，也一点都不因此而感到羞耻。这就是他难得的地方，因此赐给他‘文公’的称号是十分恰当的。”经过孔子的一番解释，子贡终于心服口服了。

慧言箴语

学无止境，好问是学习知识的一条重要途径，主动向别人请教正说明学有所获，在学习中发现了问题。圣人孔子不是还经常不耻下问吗？“不耻下问”是大家耳熟能详的一则成语，然而又有几人能真正做到这一点呢？在遇到不明白的问题时，不少人往往会为了所谓的“面子”而不懂装懂，其实这种自欺欺人的态度才是真正可笑甚至可耻的。

两小儿辩日

一儿曰：“日初出大如车盖。及日中，则如盘盂（盘盂：盛物之器，圆者为盘，方者为盂），此不为远者小而近者大乎？”一儿曰：“日初出沧沧凉凉，及其日中如探汤，此不为近者热而远者凉乎？”

——列子《列子·汤问》

有一次，孔子到东方的一个地方游历，半路上看见两个小孩在为什么事情争得面红耳赤，就走上前去问他们为何事争辩。

第一个小孩说：“先生你来得正好，你给我们评评理。我认为太阳刚出来时离我们近，到中午时就离我们远了。”

第二个小孩说：“我认为太阳刚升起来时离我们远，到中午时才离我们近。”

第一个小孩反驳道：“太阳刚出来时像车上的篷盖那么大，可到了中午就只有盘子那么大了。这不正应了离我们远的东西看起来小，离我们近的东西看起来大的道理吗？”

第二个小孩也有很好的理由，他说：“太阳刚升起来

两小儿辩日

时，令人感觉凉飕飕的；而到了中午，却使人感觉暖融融的。这不正应了感到凉的物体离我们远，感到热的物体离我们近的道理吗？”

两个小孩请孔子评判他们谁说得对，可孔子也被难住了。两小孩失口笑了起来，说：“谁说你知识渊博、无所不知？你居然也有不懂的地方啊！”

名家典籍

列子认为：“至人之用心若镜，不将不迎，应而不藏，故能胜物而不伤。”

慧言箴语

人生有限，知识无涯，即使是博学多闻的孔子也会有所不知。这篇寓言还告诉人们，从不同的角度看问题，会得出不同的看法，因此在学习时要注意克服片面性，进行辩证思维。

锲而不舍

积土成山，风雨兴焉。积水成渊，蛟龙生焉。积善成德，而神明自得，圣心备焉。故不积跬步，无以至千里；不积小流，无以成江海，骑骥一跃，不能十步；驽马十驾，功在不舍。锲而舍之，朽木不折；锲而不舍，金石可镂。蚯无爪之利、筋骨之强，上食埃土，下饮黄泉，用心一也。蟹六跪而二螯，非蛇鳝之穴无可寄托者，用心躁也。

——荀况《荀子·劝学》

荀子，名况，字卿，战国末期赵国人，是我国古代著名的思想家、文学家、教育家，也是儒家的代表人物之一。

荀子曾三次被任命为齐国稷下学宫的祭酒，也曾当过楚兰陵的县令。除了在哲学方面取得了很大的成就，在教育方面，他也对后世产生了很大的影响。《劝学》就是他阐明自己教育思想的重要文章。

在《劝学》中，他认为，一个人接受教育，就必须努力学习。只有努力学习了，才有可能超过自己的老师，后人也才可能超过前人，从而“青出于蓝而胜于蓝”。正所谓“不积跬步，无以至千里；不积小流，无以成江海”。知识也是渐渐积累的，如果没有一个从少到多、日积月累的过程，那就不会掌握渊博高深的知识。

在《劝学》中，有这样一句话：“锲而不舍，金石可镂。”意思是说如果能够做到坚持不懈，即使是十分坚硬的金石也可以被镂刻成自己想要的作品。所以学习也应持之以恒，只有这样，我们才能够学到更多的知识，最终取得成功。

慧言箴语

学习是一个辛苦的过程，需要相当大的毅力与恒心才能获得满意的结果。《劝学》作为《荀子》中的名篇，向人们很好地阐释了这个道理。“锲而不舍，金石可镂”，望每一位在无涯的学海中以苦为舟的学子共勉。

师文学琴

瓠巴鼓琴而鸟舞鱼跃。郑师文闻之，弃家从师襄游。柱指钩弦，三年不成章。师襄曰："子可以归矣。"师文舍其琴，叹曰："文非弦之不能钩，非章之不能成。文所成者不在弦，所志者不在声……"

——列子《列子·汤问》

古时候有个善于弹琴的乐师名叫瓠巴。据说在他弹琴的时候，鸟儿能踏着节拍飞舞，鱼儿也会随着韵律跳跃。

郑国的师文听说后，十分向往，就来到鲁国拜师襄为师，学习弹琴。师襄手把手地教他调弦定音。可是他的手指十分僵硬，学了三年，竟弹不成一个乐章。师襄无计可施，失望地对他说："你太缺乏天赋了，还是不要浪费时间学弹琴了。"

师文放下琴后，叹了口气，说："我不是调不好弦、定不准音，也不是不会弹奏完整的乐章，只是我所关注的并非只是调弦和音准，而是想用琴声来表达我内心的情感啊！在我还不能准确地把握情感，也不能用合适的琴声来表达时，我没法集中精神学调弦。所以，请老师再教我一段时间吧。"

后来，师文再去拜见师襄。师襄问："你的琴弹得怎么样了？"师文说："我已经略有所成，现在让我弹奏一曲给您听吧。"于是，师文开始弹奏。他首先奏响了属于金音的商弦，使之发出代表八月的南吕乐律。那琴声似乎

师文学琴

挟着凉爽的秋风拂面而来，草木好像都要成熟结果了。紧接着，他又拨动了属于木音的角弦，使之发出代表二月的夹钟乐律。那琴声又仿佛送来了温暖的春风，使人眼前映现出一片春意盎然、充满生机的景色，令人心驰神往。

曲终，师襄对师文说："你演奏得真是太美妙了！即使是最有名的清角之曲和律管之音，也无法跟你的琴声相媲美呀！"

慧言箴语

学习任何技艺都不能满足于表面上的简单操作，而要像师文那样深究其理、矢志不渝，只有这样，才能运用自如，取得成功。

楚人学齐语

有楚大夫于此，欲其子之齐语也。一齐人傅之，众楚人咻之，虽日挞而求其齐也，不可得矣。引而置之庄岳之间数年，虽日挞而求其楚，亦不可得矣！

——孟子《孟子·滕文公下》

从前，楚国有个官员。他觉得齐国话很好听，就想让他的儿子学说齐国话。于是，他找来了一个齐国人专门教儿子学齐国话。尽管儿子学得很刻苦，但由于周围都是楚国人，跟他们交谈时总是用楚国话，所以怎么都学不会齐国话。

这个官员气得天天用鞭子打儿子，强逼着他学，可儿子还是学不会。后来，这个官员把儿子带到齐国居住了几年。结果他的儿子不仅学会了齐国话，还说得很流利、很地道。

慧言箴语

自身的努力是学习的决定性因素，但是外在的环境也很重要。因此要善于创造适合学习的客观环境。主客观很好地结合才能促进学习。

造父学驾车

造父之师曰泰豆氏。造父之始从习御也，执礼甚卑，泰豆三年不告。造父执礼愈谨，乃告之曰：“古诗言：‘良弓之子，必先为箕；良冶之子，必先为裘。’汝先观吾趣。趣如吾，然后六辔可持，六马可御。”造父曰：“唯命所从。”

——列子《列子·汤问》

造父向泰豆氏学驾车时，对老师谦恭有礼。可是三年过去了，泰豆氏却什么也没教给他。

有一天，泰豆氏对造父说：“古诗说：想造好弓的人，一定要先学会编织簸箕；想成为冶金炼铁的人，必先学会缝制皮衣。你要学驾车的技术，就要先学好快步走。只有这样你才能手执六根缰绳，从容自如地驾驭六匹马的马车。”

于是，泰豆氏把木桩立起来排成排，每根木桩上只能站住一只脚，木桩和木桩间隔一步远。泰豆氏在这些木桩上来回疾走，快步如飞，却不会跌下。造父照着老师的样子刻苦练习，仅用了几天的时间就掌握了技巧，也能像泰豆氏那样疾走了。

泰豆氏赞叹道："你太聪明了，竟能这么快就学会快走！从前你走路时，力量是来自于脚，并受心的支配；而驾车时，只有控制好缰绳和嚼口，才能使六匹马步伐相同，行驶平稳。"

他又接着说："你只有在内心真正领会了这个道理，并了解了马的脾性，才能在驾车时进退笔直，转弯符合规矩，即使跑很远的路也不疲倦。真正会驾车的人，应当双手熟练地握紧缰绳，依靠心的指挥，驾车时既不用眼看，也不用鞭子赶；内心放松，身姿端正，六根缰绳不乱，二十四只马蹄整齐划一，转弯和进退都统一有序。如果驾车达到了这样的境界，车道的宽阔或狭窄、险峻或平坦，对驾车人来说就都无所谓了。这就是我全部的驾车技术，你要牢牢记住！"

慧言箴语

要学会一门高超的技术，必须掌握过硬的基本功，然后才能得心应手，运用自如。

轮扁论读书

桓公读书于堂上，轮扁斫轮于堂下，释椎凿而上，问桓公曰："敢问公之所读者，何言邪？"公曰："圣人之言也。"曰："圣人在乎？"公曰："已死矣。"曰："然则君之所读者，古人之糟粕已夫！"

——庄子《庄子·天道》

齐桓公正在厅堂上读书，一个叫轮扁的工匠在厅堂下面埋头做车轮。工匠见桓公读书的认真劲儿，不禁好奇，放下斧凿等工具，走上前去问道："请问君王，您读的书里都写着什么呀？"

桓公说："是圣人说过的话。"

工匠又问："圣人还活着吗？"

桓公说："已经死了。"

工匠说："这么看来，您所读的不过是古人的糟粕罢了。"

桓公大怒道："我在这里读书，你这个做车轮的工匠，怎么可以随便干涉呢？你若是能说出道理来，我可以饶过你；要是说不出道理来，我就要治你的罪！"

工匠说："我是从我的工作经验中得出的道理。制作车轮时，首先要制作一个连接辐条和车毂的榫头，可是榫头做得太细，就会连接不牢固；做得太粗，又会无法插入。所以要把榫头做得恰到好处，就要自己体会、琢磨，掌握分寸。这里面的技巧，嘴里说不出来，只能从具体的制作中看出来。所以，我无法把我的技巧很明白地告诉我的儿

齐桓公读书

子，我的儿子也不能继承我的技术。而古人和他们那无法用语言说出来的道理一同死去了，你怎么能继承他们的思想呢？您读的东西难道不是古人留下来的糟粕吗？”

齐桓公听后，若有所思地点了点头。

慧言箴语

“实践出真知”，真正的技巧是不能口耳相传的，只能靠实践获得。

郢书燕说

郢人有遗燕相国书者，夜书，火不明，因谓持烛者曰：“举烛”，云而过书“举烛”……燕相白王，王大悦，国以治。治则治矣，非书意也。

——韩非《韩非子·外储说左上》

古时候，有个郢人写信给燕国的相国。因为信是在晚上写的，烛光昏暗，加上郢人视力不好。他就一边写着，一边对给他举蜡烛的仆人说：“举烛。”意思是把蜡烛举高一点儿。他嘴里说着，就随手把“举烛”二字写到信里去了。其实，“举烛”这两个字和信的内容根本就没有关系，也不是他想表达的意思，纯属笔误。

可燕国的相国收到信以后，看到信中的“举烛”二字，起初很不明白是什么意思，于是翻来覆去地想了很久，突然一拍脑袋说：“‘举烛’二字太好了！举烛就是倡行光明的政策。要倡行光明，不就是要举荐贤能的人才吗？这个意见实在是太好了，我要奏明君主。”

于是，燕相就把这封信和自己对“举烛”的理解告诉了燕王。燕王听了觉得很有道理，就按照燕相的建议，广招贤能之才，开明圣听，大力治国。不到一年的时间，燕国就出现了政治清明、社会稳定、人民安居乐业的景象。

国家虽是治理好了，但“举烛”二字却根本不是郢人的意思。燕相和燕王只是误打误撞，受了这两个字的启发。

慧言箴语

虽然燕王受了“举烛”二字的启发，治理好了国家，但这毕竟只是误打误撞，是一件侥幸之事。我们在现实生活中，无论是治学还是做其他的事情，都要有实事求是的态度，不可断章取义、穿凿附会、曲解原意，把主观的东西强加给客观。

出类拔萃

圣人之于民，亦类也。出乎其类，拔乎其萃，自生民以来，未有盛于孔子也。

——孟子《孟子·公孙丑上》

孟子是孔子的孙子子思的学生。他继承了孔子的儒家学说，是战国时期著名的思想家、教育家。

孟子一直对孔子十分敬重，认为孔子的品德与才能无人能及。有一次孟子的学生公孙丑问他道：“老师，您已经可以被尊为圣人了吧？”孟子回答说：“连孔子都不敢自称为圣人，我又怎能这样称呼自己呢？”

公孙丑接着说出几位被公认为贤德之人的名字，问孟子这些人能否比得上孔子。孟子答道：“自有人类以来，没有人能比得上孔子。”当公孙丑接着问孔子与这些人的差别时，孟子引用了孔子的学生有若的话说：“若以同类相比较，比如麒麟与走兽，凤凰与飞禽，泰山与其他山丘，河海与水洼溪流，可以看到尽管它们同属一类，但前者都远远超出了后者。圣人和其他人相比，他们也是同类，但圣人却出类拔萃，远非其他人所能及。”

慧言箴语

孟子被后人尊称为“亚圣”，和孔子相提并论，也是一个“出类拔萃”的人，但是，他对孔子有着无比深厚的景仰之情。而孔子在世时，也对尧、舜等上古先贤赞誉有加。由此可见，越是出类拔萃的人，越善于肯定别人的优点，向别人学习，这也是成为一个出类拔萃的人的重要途径。

列子学射

尹子曰：“子知子所以中者乎？”对曰：“弗知也。”关尹子曰：“未可。”退而习之三年，又以报关尹子。尹子曰：“子知子所以中乎？”列子曰：“知之矣。”关尹子曰：“可矣。守而勿失也！非独射也，为国与身亦皆如之。”

——列子《列子·说符》

列子学射

列子跟关尹子学习射箭，一段时间以后，已经能够百发百中了。他高兴地去报告给关尹子。关尹子问他：“你知道你为什么能射中目标吗？”

列子老老实实地回答：“不知道。”

关尹子说：“你虽然射中了靶，却不知道射中的道理，证明你还没有学好啊！”

于是，列子回去继续练习。三年后，他再次来向关尹子请教。

关尹子问：“你知道你为什么能射中目标了吗？”

列子回答说：“知道了。”

关尹子点点头说：“懂得了为什么能射中，也就是掌握了射箭的规律，这才算学会了。这其中的道理，你要永远记住。不仅射箭要这样，治理国家、为人处世都应该这样。”

这个道理不只适用于射箭，社稷的兴旺、国家的灭亡、德行的高尚、人品的低下，也都像列子学射一样，有它各自的原因。

慧言箴语

学射箭如此，办其他事情也应这样，不仅要知其然，也要知其所以然，掌握它的规律。只有自觉地按规律办事，才能把事情办好。

学弈

弈秋，通国之善弈者也。使弈秋诲二人弈，其一人专

心致志，唯弈秋之为听；一人虽听之，一心以为有鸿鹄将至，思援弓缴而射之。虽与之俱学，弗若之矣。为是其智弗若与？曰：“非然也”。

——孟子《孟子·告子》

从前有一个人叫弈秋，是全国有名的下棋能手。他的棋艺十分精湛，无人能比。

有两个年轻人听说了，就千里迢迢地来拜弈秋为师。这两个年轻人的聪明才智不相上下，但是学习下棋的态度却截然不同。其中一个人在学习的时候总是专心致志、聚精会神，能够按照弈秋的教导去做，并且能用心领会。而另一个人却总是心不在焉，每当老师讲解棋艺的时候，他就在心里盘算：如果天空有大雁飞过，应该怎样把它射下来？射下来之后应该是煮着吃还是烤着吃呢？

虽然他们跟随同一个老师学习，但学习的效果却大相径庭。一年以后，用心学习的那个人成了弈秋的传人；而总是心不在焉的那个人始终一事无成。

慧言箴语

学习时，专心致志、聚精会神，才能学有所成；若心猿意马、三心二意，即使有再好的老师教，也会一无所得。

卫人教女

卫人嫁其子而教之曰：“必私积聚，为人妇而出，常也，其成居，幸也。”其子因私积聚，其姑以为私而出之。

其子所以反者倍其所以嫁。其父不自罪于教子非也，而自知其益富。今人臣之处官者皆是类也。

——韩非《韩非子·说林上》

春秋时期，卫国有个很爱财的人。他经常教导自己的女儿说：“钱是最有用的东西，有了钱什么事情都能办。俗话说：有钱能使鬼推磨。”

转眼间，女儿到了出嫁的年龄。出嫁的前一天，他嘱咐女儿说：“嫁到婆家后，一定要多个心眼，私下攒些钱。给人当媳妇，被休回家是常有的事，要给自己留后路。”女儿认为父亲的话都是为自己好，于是谨遵父亲教诲，刚嫁到婆家没几天，就暗地里拼命地攒了很多私房钱。婆婆发现后，认为这个媳妇私心太重，就让儿子把她休了。

卫人的女儿回到了娘家。父亲一看见她带回了很多钱，就说：“我说的没错吧，多亏你聪明，事先有准备，不然就什么也得不着了。”

这个卫人不但不检讨自己的言行，反而夸奖自己的女儿聪明。其实，他的女儿之所以被休，就是他教育不当的结果啊！

慧言箴语

一个人如果没有正确的价值观，就不会有正确的态度和行为，就会分辨不出什么是好的，应该做；什么是不好的，不应该做。

态度篇

态度是一个人对待事情的方式和思考立场。著名的哲学家皮尔说：『我们眼前的任何事实都不如我们对它所持的态度那样重要，因为那会决定我们的成功或失败。』

出尔反尔

出乎尔者，反乎尔者也。

——孟子《孟子·梁惠王下》

战国时，诸侯争霸，战争不断，再加上自然灾害，百姓苦不堪言。

有一次，邹国与鲁国之间发生了战争。鲁国的军民齐心协力，奋勇杀敌，而邹国的士兵则临阵脱逃，百姓见死不救，结果邹国吃了败仗，死伤了不少大将。

邹穆公很生气，找到孟子，问他："先生见多识广，能不能告诉我，在这次与鲁国交战的过程中，我手下的官吏被杀死了三十三个，可是士兵、百姓却没有一个愿意去为他们拼命的，他们眼看自己的长官被杀，也不去营救，实在可恨得很。要是杀了这些人吧，他们人太多，杀也杀不完；要是不杀吧，却又十分可恨。您说该怎么办才好呢？"

孟子回答说："您还记得孔子的弟子曾子说过的话吗？他说：'要警惕呀！要警惕啊！你怎样对待别人，别人也将怎样对待你。'记得有一年闹灾荒，粮食歉收，百姓吃不上饭，年老体弱的百姓都饿死在山沟荒野之中，外出逃荒的壮年人有千人之多。他们流离失所，而大王和臣子们的粮仓还是满满的，国库也很充足，却不拿出来赈济灾民。您的官吏对百姓的死活不闻不问，管钱粮的官员不把这严重的灾情报告给您，您也不派人去察访民情。高高在上的官吏不关心百姓的疾苦，反而残害百姓。而今到了发生战争的时候，却将他们赶到战场，叫他们为你们流血送死。您想想，士兵、百姓怎么会从心里服从您呢？所以，大王不要去责怪他们的见死不救，而应该反省自己。”

邹穆公听了深感不安，觉得孟子分析得很有道理，就问道：“先生，那我现在应该怎样做，才能改变这种局面，以防再发生这样的事情呢？”

孟子说：“我以为，改变这种局面的唯一办法就是在邹国实行仁政，改变对百姓的态度，不能再像过去那样对待百姓了，要关心百姓疾苦，使他们安居乐业。这样一来，百姓自然会爱护他们的长官，忠于自己的国家，在国家危亡的时候，也自然会在疆场上誓死报效祖国。”

邹穆公听了孟子的话，实行仁德之政，邹国逐渐富强壮大起来，同时取得了民心。

慧言箴语

“出尔反尔”，你怎样对待别人，别人也会怎样对待你。邹国的士兵、百姓之所以会对邹国的三十三名官吏被杀却视而不见，是因为邹国官吏在灾荒之年眼睁睁地看着百姓吃不上饭、年老体弱者饿死在山沟荒野之中、壮年人外出逃荒，却守着满满的粮仓不放。平时对百姓不闻不问，又怎么能指望他们在官吏们面临危急时誓死报效呢？作为统治者或管理者，一定要施行仁政，这样百姓在太平盛世的时候才会感激你，颂扬你；在战争危难的时候才会支持你，协助你。总而言之，在抱怨别人背弃自己时，要想想自身的做法有没有离德离心。

买椟还珠

楚人有卖其珠于郑者，为木兰之柜，熏以桂椒，缀以珠玉，饰以玫瑰，辑以羽翠。郑人买其椟而还其珠。

——韩非《韩非子·外储说左上》

从前有个楚国人，想把一颗很值钱的珍珠卖掉。为了卖个好价钱，他打算给珍珠做个精美的包装。

这个楚国人找来名贵的木兰，又请来手艺高超的匠人，做了一个十分华美的珍珠盒子。匠人在盒子上雕刻了许多美丽的花纹，还镶上了金属花边，看上去简直就是一个精致美观的工艺品，最后还用香料把盒子熏得香气扑鼻。一切都弄好了，楚人将珍珠小心翼翼地放进了盒子里，拿着到集市上去卖。

到了集市上不久，人们就被楚人这个漂亮的盒子吸引，纷纷前来观看。有一个郑国人也挤进了人群。他将盒子拿在手里看了半天，最后出了很高的价钱将盒子买了下来。

郑人拿着精美的盒子，一边走一边欣赏着。可是没走几步他又回来了。楚人以为郑人后悔了要退货，刚想逃，郑人就已走到他面前了。出乎意料的是，郑人并没有要求退货，而是把珍珠从盒子里取出来，送到楚人手里说："这颗珍珠还给你吧，我只想要盒子。"说完，他拿着盒子满意地走了。

楚人看着手里的珍珠，哭笑不得。郑人所看重的竟然是那个不值钱的盒子，而实际上珍珠才是可贵的。

慧言箴语

故事讽刺了那些目光短浅、缺乏鉴别力，只重外表、不重实质，取舍不当、舍本逐末的人。

安步当车

晚食以当肉，安步以当车，无罪以当贵，清静贞正以自虞。

——刘向《战国策·齐策四》

战国时期，齐国有个名叫颜斶的人，他很有才能，但不愿做官。

有一天，齐宣王慕名将他召进宫来。颜斶来到殿前的阶梯处就停住了脚步。

宣王见了很奇怪，就呼唤说："喂，颜斶，到我跟前来！"不料颜斶一步不动，竟然还呼唤宣王说："喂，大王，到我跟前来！"

宣王听了很不高兴，左右的大臣见颜斶如此口出狂言，纷纷训斥颜斶说："大王是君主，你是臣民，大王可以叫你过来，你怎么可以叫大王到你跟前去呢？"

颜斶从容地回答道："我如果走到大王面前，难免有巴结君主的嫌疑；可如果大王走过来，则说明大王礼贤下士，尊重人才……"

齐宣王恼怒地打断了颜斶的话，说："是君王尊贵，还是你这样的人尊贵？""当然是我这样的人尊贵了，君王并不尊贵！”颜斶心平气和地说。齐宣王问：“有什么根据呢？”

颜斶神态自若地说：“从前秦国进攻齐国时，秦王曾经下令：有谁敢在贤士柳下季坟墓五十步以内的地方砍柴，格杀勿论！同时他还下了一道命令：有谁能砍下齐王的脑袋，就封他为万户侯，赏金千镒。看来，一个活着的君主，竟然连一个死去贤士的坟墓都不如啊。”

齐宣王满脸不高兴。大臣们上前围住辩驳：“我们大王是拥有千乘之国的君主，老百姓没有不俯首听命的。你不过是村野匹夫，却如此大言不惭，未免太不像话了！”

颜斶驳斥道：“不对！大禹不是山野村夫吗？他后来贵为天子，诸侯过万，为什么？因为他尊重贤士，所以赢得举国爱戴。商汤时，诸侯也有三千之多，如今，称孤道寡的才二十四个。看来，重视贤人与否是得失的关键。所以君主应以不常向人请教为羞耻，以不向地位低的人学习而惭愧。”

齐宣王听到这里，心悦诚服地说：“我听了您的一番高论，受益匪浅。希望您收我作学生，今后您就住在我这里，我保证您饮食有肉吃，出门有车乘，您的夫人和子女个个会衣着华丽。”

颜斶却辞谢着说：“玉，原产于山中，一经匠人加工，就会被破坏，虽然仍旧宝贵，但毕竟失去了本来自然朴素的面貌。贤人生在穷乡僻壤，如果选拔上来，就会享有利禄，不是说他不能高贵显达，但他原来的风貌和内心世界就会遭到破坏。所以我愿意返回乡野，每天不管吃什么样的饭菜都像吃肉那样香，把安安稳稳地走路当作乘车。平安度日，并不比荣华富贵差。清静无为，纯正自守，乐在其中。命我讲话的是大王您，而尽忠直言的是我颜斶。”说完，便告辞回乡了。

慧言箴语

“玉，原产于山中，一经匠人加工，就会被破坏，虽然仍旧宝贵，但毕竟失去了本来自然朴素的面貌。贤人生在穷乡僻壤，如果选拔上来，就会享有利禄，不是说他不能高贵显达，但他原来的风貌和内心世界就会遭到破坏。所以我愿意返回乡野，每天不管吃什么样的饭菜都像吃肉那样香，把安安稳稳地走路当作乘车。”颜斶以玉喻人，见解深刻而独到。像颜斶这样不慕名利的真隐士，在这个世界上是越来越少了。

黎丘老人

明日端复饮于市，欲遇而刺杀之。明旦之市而醉，其真子恐其父之不能反也，遂逝迎之。丈人望见其子，拔剑而刺之。丈人智惑于似其子者，而杀其真子。夫惑于似士者，而失于真士，此黎丘丈人之智也。

——吕不韦《吕氏春秋·慎行》

战国时期，魏国有座名叫黎丘的山，据说那里经常有鬼怪出没，更为奇怪的是，那里的鬼怪总是装扮成过路人的儿子或兄弟等亲人的样子来捉弄人。

有一天，一位黎丘老人在一家酒店喝醉了酒，摇摇晃晃地往家走去，黎丘鬼看见了就立即装扮成老人儿子的样子，借搀扶老人回家的机会百般折腾老人，把老人左推来右推去，还在老人的身上乱抓，挠老人的背，捶老人的胸。老人好不容易回到家里以后，合着衣，倒在床上就睡着了。

第二天，老人酒醒之后，想起昨晚醉酒回家的事，把儿子叫来狠狠地训斥了一顿。他生气地说："我是你的父亲，对你难道不够慈爱吗？可是昨天你在扶我回家的路上，让我吃尽了苦头。你为什么会这样对待自己的父亲呢？"

老人的儿子一听这话，真是丈二和尚摸不着头脑。他没有做那样的事，却遭到了父亲的怪罪，感到十分委屈，就流着泪、磕着头，对父亲说："这真是作孽啊！我哪能那么对待您呢？昨天我一整天都在东乡收债，等我回来时您已经睡下了，哪能去折磨您呢？您如果不相信，可以到东乡去问一问。"

老人知道儿子一向诚实、孝顺，不会欺骗自己，就相信了他的话。可是那个长得很像自己儿子的人到底是谁呢？老人忽然想起了黎丘的鬼怪，恍然大悟地说："知道了，一定是人们常说的那个鬼怪做的好事！"说着，老人决定惩治一下那个捉弄自己的恶鬼，打算第二天还去酒店喝个烂醉，逗引那个黎丘鬼出来，然后把它杀掉。

次日晚上，老人又喝醉了酒，跌跌撞撞地往回走。这一次，老人的儿子因为担心父亲再遇到黎丘鬼，就出去迎接父亲。老人远远望见儿子向自己走来，以为又是上次碰到的那个鬼怪。等儿子走近时，老人拔剑就刺了过去。这位老人因为被鬼怪迷惑，最终竟误杀了自己的亲生儿子。

慧言箴语

一个人因为被欺骗过而提高警惕是对的，但是一定要认真辨别真伪，不能被似是而非的假象所迷惑，否则很容易上当受骗，做出后悔莫及的事来。

金钩桂饵

鲁人有好钓者，以桂为饵，锻黄金之钩，错以银碧，垂翡翠之纶。其持竿处位则是，然其得鱼不几矣。

——阙子《阙子》

在春秋时代的鲁国，有个人非常喜欢钓鱼。于是，他在自己的钓具和饵料上花了很多工夫：他用名贵的香料肉桂当鱼饵，鱼钩也用黄金来打造，还在鱼钩上镶嵌了白银丝线和青绿色的美玉，甚至把珍贵的翡翠鸟的羽毛挂在钓鱼绳上作装饰。

每当钓鱼的时候，他都选择一个很好的位置，用极其标准规范的姿势持钓竿，正襟危坐。可是尽管如此，他钓到的鱼却很少，有时甚至会空手而返。

名家典籍

阙子为战国后期纵横家，其所著的《阙子》一书在《汉书·艺文志》中被列为纵横家类。

黎丘鬼

慧言箴语

做事情如果只将注意力放在外在的形式上，过分追求表面，而忽视其实际效用，是很难有所成就的。

田父献曝

昔者宋国有田夫，常衣缊黂，仅以过冬。暨春东作，自曝于日，不知天下之有广厦隩室，绵纩狐貉。顾谓其妻曰：“负日之暄，人莫知者，以献吾君，将有重赏。”

——列子《列子·杨朱》

从前，宋国有个农夫，家里很穷，世世代代都以种田为生。他从未出过远门见过世面，因此，不知道村子以外的世界是什么样子的。

这个农夫在冬天没有棉衣穿，就用乱麻编织成衣服包裹身体，抵挡严寒。终于，春天来了，冰雪融化、万物复苏，太阳温暖地照着大地。

这一天，天气格外晴朗，没有一丝风。农夫在田地里干了一天的活，很疲惫了，就坐在田埂上休息。这时，暖暖的太阳晒在他的身上，他感到温暖极了，舒服极了，觉得这简直是世界上最幸福的感觉和最无上的享受。他从来不知道世界上还有暖和的华宅深院，也不知道有柔软的丝棉袍子和贵重的狐皮大衣，他以为晒太阳是世界上取暖的唯一办法。

于是，农夫突发奇想，对妻子说："晒太阳这么暖和，这么舒服，世上怕是还没人知道这种好处。我们如果把晒太阳取暖的方法献给国君，他一定会重赏我们的，你看怎么样？"

农夫的妻子觉得丈夫能想到这个发财之路，真是太聪明了。于是，夫妻俩便抛下田间的农活回到家里，打算去向国君献计。可是刚回到家，这夫妻二人就傻傻地你看着我，我看着你发呆，因为他们根本不知道进城的路怎么走。

慧言箴语

有些人总是自作聪明，明明自己孤陋寡闻、思想狭隘，却以为自己崇拜的东西，别人也会觉得了不起。这种用自己的逻辑猜测别人的逻辑的做法是很可笑的。

白虹贯日

聂政之刺韩傀也，白虹贯日。

——刘向《战国策·魏策》

战国时，韩国有个人叫聂政，其父是有名的铁匠，后为韩王所杀。聂政长大后因杀人避仇，与母亲、姐姐逃至齐国，以屠狗为生。

严仲子是濮阳（今河南濮阳）人，在韩哀侯朝中供职，与同朝的侠累不和。据说侠累是个嫉贤妒能、心胸狭窄的人，总是想尽办法把政敌除掉。严仲子不想被侠累谋害，

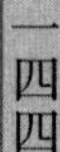

便离开韩国，开始周游各国，同时也在寻找可以替他杀掉侠累的人。严仲子到了齐国后，就听人说聂政是个勇士，因为躲避仇家才到齐国做屠夫的。严仲子便亲自去聂政家拜访，此后两家往来频繁。

有一次，严仲子拿着许多好酒到聂政家，为聂政母亲贺寿，还送上百镒黄金表达敬意，聂政很奇怪严仲子为什么会送这样的厚礼，就对他说："我家中贫穷，因有母亲在，便以屠狗为业，供养母亲，大人您这么贵重的礼物，我实在不敢接受！"

严仲子把周围的人都打发走以后，对聂政说："我有一个仇家，为了躲避他我才周游各国。这次到了齐国，听说您是个很讲义气的人，所以赠送百金，作为您日常生活的费用。能够交您这样的朋友，我非常高兴，不敢有其他的奢求。"

聂政回答说："我之所以放弃理想，甘心在这个小地方，就是为了老母亲；母亲在世，我是不敢拿自己生命去冒险的。"

后来严仲子又多次送给聂政厚礼，而聂政始终不肯收。虽然如此，严仲子仍一直对他礼遇有加，总是尽了礼数之后才走。

几年后，聂母去世。为母亲服过丧之后，聂政对他姐姐说道："唉！我聂政只是一个市井之徒，整天操刀卖肉而已。而人家严仲子是诸侯的卿相，不远千里与我结交。他为母亲大寿送上那么重的贺礼，我虽然没有接受，但严仲子知道我心里是领情的。贤德的人为了一些微不足道的义气而相信穷乡僻壤之人，那么我聂政也不愿辜负人家的这份情意。前几年，严仲子要我帮他除掉仇家，但因为母亲在，我不能答应他；如今母亲已经尽享天年，我也应该为知己做些事了。”

聂政向西一直走到濮阳，见到了严仲子，对他说：“以前我没有答应您的要求，是因为要奉养母亲；现在我的母亲已经去世，我再也没有什么牵挂了。您要报仇的对象是谁，请告诉我！”

严仲子说道：“我的仇人是韩国的丞相侠累，他是韩国哀侯的叔叔。他们家里的人很多，而且居住的地方守卫很严。我几次派人去行刺，都没能成功。您现在愿为我做这件事，那我就派上一些车骑和随从，做您的助手吧！”

聂政说：“韩国与卫国，离得不是很远，现在去杀韩国的丞相，而这丞相又是韩国国君的叔叔，所以做这件事不能人多。这么多人同去，万一抓住一个，泄露了机密，韩国的所有人都会成为您的仇人，那您不是也完了吗？”聂政拒绝车骑随从，要孤身一人前往。

聂政到达韩国行刺时，天上出现了奇怪的现象：白色的长虹穿日而过，人们都认为要出大事了。当时丞相侠累正在府上，有很多武士保护他。聂政来到他的府邸，一句话也不说，拿着剑长驱直入，跃上台阶刺杀侠累，他的举动把旁边的卫士吓坏了。聂政趁着他们大呼小叫、混乱不堪的时候刺死了侠累，又杀了几十个人，然而围上来抓他的人越来越多。他一看不可能全身而退，就毁了自己的面容，剖腹自杀了。

为了查出是谁那么大胆指使刺客杀了韩国丞相，韩国人就把聂政的尸身暴露在集市上，然后贴出告示说，如果谁能说出刺客的身世背景、来龙去脉，赏赐千金。

聂政的姐姐聂荣听说了这个消息，非常肯定地对邻居说："这个人一定是我的兄弟。"

然后聂荣就赶到韩国曝尸处，伏尸大哭说："这是我兄弟聂政啊！"

负责悬赏的人很惊讶地问她："这个人就是刺杀我们韩国丞相的人，我们君主悬赏千金要追查这个人的情况，夫人您难道不知道吗？为什么还敢来认你的兄弟呢？"

聂荣说："我已经知道悬赏的事，可是，我兄弟聂政之所以放弃自己的理想，藏匿在市井屠夫间，是因为我们的母亲还活着，我还未出嫁。现在母亲安享天年，我也已嫁人，我的兄弟已经没有什么可牵挂的了，便为知己报仇，从容赴死。现在兄弟考虑我还在人世，所以自毁面目以防被人认出，为的就是不想连累我啊！我兄弟这样为我着想，我为什么要害怕被牵连，湮没我兄弟的侠义之名呢？"

聂荣抚尸陈说兄弟往事的壮举震惊了韩国看热闹的人，他们都被这两姐弟的侠义精神所感动，后来聂荣因悲伤过度死在了聂政的身旁。

慧言箴语

"士为知己者死，女为悦己者容。"聂政为了奉养母亲，甘愿做一个市井屠夫；他忠肝义胆，为朋友两肋插刀，做了刺客；他义薄云天，为不连累亲友毁容剖腹。这样的大义感动了上天，所以才出现了白虹贯日的奇观。尽管在今人看来，"知己"其实不过是在利用"刺客"，"刺客"仅仅是"知己"们手中的杀人之刀、复仇之剑。阴谋家往往打着情义的旗号，抛出一些钱、粮、礼以及友谊，这种奉献和付出上的不平等势必造成有志之士心理上的沉重负疚感。为了报知遇之恩，他们往往要用行动乃至生命来证明自己的忠诚。也许正是因为这种忠诚和单纯，他们才越发显得可敬、可爱。

歧路亡羊

杨子之邻人亡羊，既率其党，又请杨子之竖追之。杨子曰："嘻！亡一羊，何追之者众？"邻人曰："多歧路。"既反，问："获羊乎？"曰："亡之矣。"曰："奚亡之？"曰："歧路之中又有歧焉，吾不知所之，所以反也。"

——列子《列子·说符》

杨子是战国时一位有名的学者。有一天，他邻居家的羊跑丢了。邻人立刻率领亲戚朋友们去追寻，还来请杨朱的仆人一同去帮着寻找。

杨子见邻人如此兴师动众，就问他："你丢了多少只羊？"邻人说："一只。"杨子疑惑不解，又问："只丢了一只羊，为什么要这么多人去找？"邻居说："因为那条路上岔路太多了，多些人手可以分头去找。"

不久，杨子的仆人回来了。杨子问："羊找到了吗？"仆人回答说："没找到。"杨子奇怪地问："这么多人去找一只羊，怎么还没找到呢？"仆人说："岔路之中还有岔路，我们不知道往哪边找，所以就回来了。"杨子听了这话，突然严肃起来，好长时间没有说话。

杨子的学生见他闷闷不乐，都感到奇怪，便问他："羊不是什么值钱的畜生，况且不是先生自己家的，您为什么心事重重呢？"杨子叹了口气说："岔路太多了，羊容易逃失；人又何尝不是呢？读书人也常常会因为学说不一致，而一时找不到真理，误入歧途，无功而返啊！"

名家典籍

《列子》的主旨是万物产生于无形，变化不定，任何事物都不是完美的，包括天地及圣人，因此人要掌握并利用自然规律。

慧言箴语

事物是复杂多变的，我们在面对人生的选择时一定要明确方向，只有这样才能找到正确的道路。

井底之蛙

坎井之蛙谓东海之鳖曰："吾乐与！出跳梁乎井干之上，入休乎缺甃之崖；赴水则接腋持颐，蹶泥则没足灭跗。还虷、蟹与蝌蚪，莫吾能若也！且夫擅一壑之水，而跨跱埳井之乐，此亦至矣。夫子奚不时来入观乎？"

——庄子《庄子·秋水》

在一口废井里住着一只青蛙。有一天，青蛙在井边碰上了一只从东海来的大鳖。

青蛙见大鳖是从别的地方来的，就想显示一下自己住在这口井里的快乐。于是，它得意扬扬地对大鳖说：“你看，我住在这里是多么的快乐啊！想出去时，我就跳出井栏，出去尽情地玩耍；玩累了，我就跳回来，在井壁的石缝里美美地睡上一觉；睡醒了，我就伸个懒腰，跳到水里去游泳，那时井水会托着我的下巴，而我的脚则踩在软绵绵的泥浆里，舒适极了。看看周围的那些鱼和虾，谁也没有我自由自在。我独占着这方天地，还有什么比这更惬意呢？你是不是也很羡慕我呢？”

听了青蛙的话，大鳖走到井边向井底望了望，青蛙于是乘机说：“你为什么不来我的住处观赏一下呢？”于是，大鳖就迈出了左脚要跳进井里瞧瞧，可是还没等它迈右脚，它的左脚就被卡在井口了，令它进也不是，退也不是。最后，费了很大的劲儿，它才把脚拔了出来。

大鳖对青蛙说：“你住在井里虽然很快乐，可你看过海吗？大海的广阔不是用一千里可以形容的；大海的深度，也不是一万尺能概括的。古时候，十年有九年闹水灾，可海里的水并没有因此而涨高；八年里有七年大旱时，海里的水也没有因此而减少。大海的广阔不因为时间的长短而改变，大海的海水也不因雨量的多少而增减，这就是我住在大海里的快乐。”

井蛙听了大鳖的一番话，吃惊地呆在那里，再没有话可说了。

慧言箴语

青蛙有青蛙的快乐，大鳖有大鳖的快乐，每个人的快乐是不一样的，强迫别人感受自己的快乐，最后只能让自己变得不快乐。

割肉相啖

齐之好勇者，其一人居东郭，一人居西郭，卒然相遇于涂，曰："姑相饮乎！"觞数行，曰："姑求肉乎？"一人曰："子，肉也；我，肉也。尚胡革求肉而为？"于是具染而已，因抽刀而相啖，至死而止。勇若此，不若无勇。

——吕不韦《吕氏春秋·当务》

战国时期，在齐国的一个无名小镇上住着两个自诩为很勇敢的人。他们一个住在城东，一个住在城西。

有一天，这两个人在路上相遇了，一个说："咱们难得碰到一起，去酒店喝几杯吧。"另一个答应了。于是，他们来到一家酒店喝酒。这两个人喝着喝着，觉得有酒无肉很没意思。其中一个说："老兄，我这就到菜市场买几斤肉来。等我回来咱们接着喝。"另一个说："我看不用到菜市场去买了。既然你我都是最勇敢、最不怕死的人，身上又都长着肉，何不从自己身上割肉来下酒？"

两人为了表现自己的勇敢就争着要割自己的肉，争了一会儿就一起抽出刀，相互在大腿上割下一大块肉来，把血淋淋的肉放在酱盆里蘸一下，然后送到嘴里咽了下去。

就这样，他们一边大碗喝着酒，一边大块割着自己的肉，鲜血直流。没多久，这两个号称最勇敢的人就都由于失血过多而死了。

慧言箴语

勇敢本来是优秀的品质，可是逞能并不是勇敢，为逞勇斗狠而做出过激的行为，是愚蠢而可悲的，是应为我们所摒弃的。

曹商舔痔

宋人有曹商者，为宋王使秦。其往也……见庄子曰："夫处穷闾隘巷，困窘织履，槁项黄馘者，商之所短也；一悟万乘之主而从车百乘者，商之所长也。"庄子曰："秦王有病召医：破痈溃痤者得车一乘，舔痔者得车五乘，所治愈下，得车愈多。"

——庄子《庄子·列御寇》

宋国有一个叫曹商的人，奉宋王之命，出使秦国。在曹商离开宋国之前，宋王给了他几辆马车。曹商来到秦国后，对秦王百般奉承、千般恭维，以讨好秦王，最终博得了秦王的欢心。于是秦王赏给了他一百辆马车。不久，曹商带着这一百辆马车得意扬扬地回到了宋国，见人就炫耀。

有一天，曹商在路上见到了庄子。于是，他又在庄子面前炫耀起来，说："你长年居住在偏僻简陋的小巷子里，穷困潦倒，靠编织破草鞋维持生计，偶尔缺衣少食还自得其乐。从这点上来说，我不如你；但我能凭着三寸不烂之舌，赢得秦王的赏识，还得到了一百辆马车的赏赐。这个本事你就不如我了。”

庄子对曹商这种小人极为反感，就不屑一顾地回敬道：“我听说秦王在生病的时候，各处召集名医。凡是能治好秦王的痈疖的，赏车一辆；愿意为秦王舐痔的，赏车五辆。所治疗的部位越低下，所得的赏赐也越多。我想，你一定是用舌头舔过秦王的痔疮，才得到这么多赏赐的吧？像你这么不知廉耻的人，不配跟我说话，快走开吧！”

名家典籍

庄子是一个能言善辩的人，他擅长运用寓言和小故事的形式来表达自己的哲学观点，从而嘲讽那些追逐名利的小人。

慧言箴语

寓言讽刺了那些为追逐名利和财富，不惜以丧失尊严为代价的、没有廉耻之心的人。

自食其力

齐有贫者，常乞于城市。城市患其亟也，众莫之与。遂适田氏之厩，从马医作役而假食。郭中人戏之曰：“从马医而食，不以辱乎？”乞儿曰：“天下之辱莫过于乞。乞犹不辱，岂辱马医哉？”

——列子《列子·说符》

从前有个齐国人，家境十分穷困，又无一技之长，无以谋生，只能以乞讨度日。

他生活的地方不大，他天天走的都是那几条街巷，讨的总是那几户人家。起初，人们出于同情，总是施舍给他一些剩菜剩饭，可时间长了，人们觉得他来的次数多了，不禁心生厌烦，都不愿意给他食物了。因此，他只得忍饥挨饿。

此时，有个姓田的马医因活计太多忙不过来，需要找个帮手。这个乞丐就主动找上门去，请求给马医打杂工以换取一日三餐。他谋得这个生计后，不用再沿街乞讨，很珍惜这个机会，干活也格外卖力。

有人取笑他说："马医这个行当很卑微，被人瞧不起，而你为了混饭吃给马医打杂，你不感到耻辱吗？"这个乞丐平静地回答说："依我看，天底下最大的耻辱莫过于自己不肯劳动，却靠乞讨度日。过去，我为了活命，连讨饭都不感到羞耻；如今我凭借自己的劳动养活自己，这又怎么能说是耻辱呢？"

慧言箴语

这个齐国人的生活态度是正确的。劳动没有高低贵贱之分，在任何情况下，都是自食其力好。

燕人还国

过晋国，同行者诳之，指城曰："此燕国之城。"其人愀然变容。指社曰："此若里之社。"乃喟然而叹。指舍曰："此若先人之庐。"乃涓然而泣，指垄曰："此若先人之冢。"其人哭不自禁。

——列子 《列子·周穆王第三》

从前有一个燕国人，他虽然生在燕国，却是在楚国长大的，年已六旬的他从未回过家乡。他早有落叶归根之想，而且年龄越大思乡之情越强烈，于是他不顾年事已高，独自一人不辞劳苦，千里迢迢地奔向故里。

他在回乡的路上，遇到了一个独自北上的人，两人相识后，决定结伴同行。在路上，他们谈天说地，互相照应，感觉旅途并不那么艰辛和漫长，时间仿佛也过得很快。不知不觉，他们就到了晋国的地界。

这时，燕人的同伴指着前方晋国的城郭哄骗燕人说："你马上就要到家了。那就是燕国的城镇。"燕人一听，一股浓浓的乡情骤然涌上心头，立即神情悲伤起来，激动得说不出话来。同伴见燕人这么容易受骗，忍不住偷偷地笑了一下。

他们继续往前走，不一会儿，同伴又想愚弄他，就指着路边的社庙说："这就是你家乡的社庙。"燕人听了以后，长吁短叹，感慨万分。这可是保佑他祖辈们在燕国的土地上繁衍生息的圣地啊！

他们又往前走了一段，同伴指着路边的一间房屋说："那就是你的先辈曾居住过的房屋。"燕人听了这话，顿时热泪盈眶。

那同伴看到自己的谎话屡试不爽，心里暗暗为自己高超的骗术叫好。他还想拿燕人取乐，没等燕人激动的心情平静下来，就又指着附近的一个土堆说：“那就是你家的祖坟。”燕人一听，更是悲从中来，想到这是自己的祖辈们安息的地方，“扑通”一声跪在坟墓前，号啕大哭起来。

那个同伴总算看够了笑话，他再也忍不住了，哈哈大笑起来。燕人一边抹着眼泪，一边说：“你能笑出来是因为你没有我这样的经历啊！”

那同伴笑得弯下了腰，好一会儿，才忍住笑对燕人解嘲地说：“算了，算了，你别把身子哭坏了。我说的话都是骗你的，这里是晋国，离燕国还远着呢。”听同伴这么一说，燕人知道上当了，怀乡念旧的悲伤心情顿时消失了，同时他为自己过分激动的表现深感难堪。

几天后，这个燕国人真正到达了燕国。可是当他踏上自己的国土，来到自己国家的城镇、社庙以及先辈居住过的房屋和坟前时，他竟然异常平静，没有任何情感流露。

燕人历尽辛劳回到了自己的家乡，可他触景生情的伤感反而减弱了，这是因为他多年积聚的思乡之情在遭人欺骗时已被宣泄一空。

慧言箴语

一个人要用真诚的态度对待朋友。如果一味欺诈愚弄他人，自作聪明，并从中取乐，就会伤害朋友的感情。

燕人还国

杞人忧天

杞国有人忧天地崩坠，身亡所寄，废寝食者。又有忧彼之所忧者，因往晓之，曰："天，积气耳，亡处亡气，若屈伸呼吸，终日在天中行止，奈何忧崩坠乎？"其人曰："天果积气，日月星宿不当坠邪？"

——列子《列子·天瑞》

从前，杞国有一个人，总是胡思乱想、疑神疑鬼。

有一天，杞人吃过晚饭以后，拿了一把大蒲扇，坐在自家的院子里乘凉。突然他抬头看了看天，自言自语地说："如果有一天，天塌下来了，该怎么办呢？那样的话就会把地砸陷，我们不就没有安身的地方了吗？说不定还会被活活压死。"他越想越担心，越想越害怕，竟急出了一头大汗。

从此以后，他就每天为这个问题烦闷，忧心忡忡，茶不思、饭不想。他的一个朋友见他精神恍惚，就开导他说："你根本就不用为这件事自寻烦恼。天是一团积聚的气体，四方到处都有。人每天都在这样的气体里活动，呼吸的就是这种气。它怎么可能塌下来呢？"

杞人又不放心地问："那星星和月亮会不会掉下来啊？"朋友回答说："当然也不会了。它们只不过是会发光的气体，即便掉下来也伤不到人。"

听了朋友的话，他放心了很多。可过了一会儿，杞人又像想起了什么似的，问："那地呢，地要是陷下去了怎么办呢？"朋友说："地是由土块堆积起来的，到处都是这样的土地。它是不会陷落的。”杞人心里的石头这才落地，脸上露出了笑容。

慧言箴语

人要胸怀大志，着眼实际，不要为一些毫无根据的猜想而郁郁寡欢、患得患失。

窃疾

子墨子谓鲁阳文君曰：“今有一人于此，羊牛犓豢，雍人但割而和之，食之不可胜食也。见人之作饼，则还然窃之，曰：‘舍余食’。不知明安不足乎？其有窃疾乎？”鲁阳文君曰：“有窃疾也。”子墨子曰：“楚四竟之田，旷芜而不可胜辟，呼虚数千，不可胜入。见宋、郑之间邑，则还然窃之，此与彼异乎？”

——墨子《墨子·耕柱》

鲁国国君鲁阳文君总是野心勃勃，想侵占宋、郑这样的小国。一天，墨子来拜见鲁阳文君，对他说：“有这么一个富人，他有满圈的羊牛等牲畜，有吃不完的肉。可他一看见穷人做饼子，就手疾眼快地把它偷来，说：‘施舍给我一些食物。’这个人的做法，究竟是因为欲望得不到满足呢，还是生来就有偷窃的毛病呢？”

鲁阳文君肯定地说：“他一定是有偷窃的毛病。”

墨子接着说：“楚国境内，荒芜着的土地多得开垦不完，

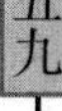

管理川泽山林的官员有几千人，东西也多得用不完，可是楚国人看见宋、郑等小国的空城，就顺手夺取过来，这跟那个偷饼的人有什么不同呢？”

鲁阳文君说：“他们的行为是一样的，实际上都有偷窃的毛病。”

慧言箴语

这则寓言，抨击了那些贪得无厌、以侵占他人利益为乐的人。

齐人偷金

昔齐人有欲金者，清旦衣冠而之市，适鬻金者之所，因攫其金而去。吏捕得之，问曰：“皆在焉，子攫人之金何？”对曰：“取金之时，不见人，徒见金。”

——列子《列子·说符》

从前有个齐国人，非常贪婪、爱财，整日做着发财梦，幻想能一下子得到许多金子。

一天早晨，他穿戴整齐后，就到集市上游荡。他一边闲逛一边盘算着如何能得到一些金子。走着走着，突然他眼睛一亮，原来是看到前方有家金店。他快步走了进去。

一见到那些令他朝思暮想的金光闪闪的金子，他就再也抑制不住发财的欲望了。虽然店主就站在他的身旁，可他毫不顾忌，伸手抓了一块金子，撒腿就跑。店主忙大叫

捉贼。这时，几个巡吏跑来，毫不费力就把这个齐国人给抓住了。

巡吏审问他："光天化日之下，你怎么敢当着店主的面偷金子呢？"他战战兢兢地回答说："我拿金子的时候只看见了金子，没看见人。"

慧言箴语

一个人如果财迷心窍，利欲熏心，就会丧失理智，做出蠢事，因为人的想法和他的立场是分不开的。

顾左右而言他

孟子谓齐宣王曰："王之臣有托其妻子于其友而之楚游者，比其反也，则冻馁其妻子，则如之何？"

王曰："弃之。"

曰："士师不能治士，则如之何？"

王曰："已之。"

曰："四境之内不治，则如之何？"

王顾左右而言他。

——孟子《孟子·梁惠王下》

春秋战国时期是中国历史上百家争鸣的时期，各种学术思想蓬勃发展，各国的君主也都希望能够得到有真才实学的人的辅佐，好有朝一日称霸诸侯。在这种情况下，出现了名人学士到处游学的现象。各个学派的代表人物一般

都会受到各国君主的礼遇，他们各自通过不同的方法将自己的治国理想传达给各国的君主。

儒家学派的代表人物孟子，为了实现其抱负，游历邹、任、齐、鲁、宋、滕、梁等国，游说诸侯，并在齐国担任客卿数年。

孟子到这些国家主要是宣扬他的仁政、王道以及民本思想。他认为一个国家要想兴旺发达，这个国家的国君必须是一个仁君，必须把百姓放在第一位。他认为“民为贵，社稷次之，君为轻”。但是孟子的这种思想在诸侯混战的大背景下，是不可能被君主接受的。

孟子初次到齐国，恰逢齐威王设稷下学宫纳贤。孟子慕名来齐，但齐威王对他的主张并不感兴趣，一心想以武力争霸中原。孟子只好离开了齐国。等到齐宣王即位后，孟子又回到齐国，深受礼遇。为了让齐宣王接受自己的政治主张，孟子采用层层深入的方法阐明自己的观点。

有一次，他对齐宣王说：“有一个人要到楚国去，就把老婆孩子托付给他的好朋友，请他帮忙照顾。但是等他回来时，才知道老婆孩子一直在受冻挨饿，那位朋友根本没有尽到照顾的责任。您说这该怎么办？”

齐宣王答道：“那就和他绝交吧，这样的朋友不值得继续交往！”

孟子又说：“有一个执行法纪、掌管刑罚的长官，他却连自己的部下都约束不了，您说这该怎么办？”

齐宣王说：“那就应该撤他的职，这样的人怎么配继续留在那么重要的位置上呢！”

孟子听齐宣王这样说，就又问道：“在一国之内，政事混乱，朝野不宁，人民颠沛流离，无家可归，您说这又该怎么办？”

这次齐宣王却不能那么肯定地回答孟子的问题了，他看了看自己左右的随从，然后尴尬地将话题扯到别的事情上去了。

后来人们就把离开原来话题，回避难以答复的问题称为“顾左右而言他”。

慧言箴语

在碰到自己不能解决的问题、不能回答的诘问时，许多人都会采取回避的态度。其实这样做是没有任何意义的，因为问题并没有解决。如果我们经常采取这种态度，那么很快我们就会发现生活变得混乱不堪，到处都是没有解决的问题，到处都是处理不了的事情。在遇到问题的时候，我们应该勇敢地面对现实，采取积极的态度解决问题，而不能一味地回避、躲闪。

以金赎尸

洧水甚大，郑之富人有溺者。人得其死者。富人请赎之，其人求金甚多，以告邓析。析曰：“安之，人必莫之卖矣。”得死者患之，以告析。析又答之曰：“安之，此必无所更买矣。”

——吕不韦《吕氏春秋》

春秋末期，郑国的洧水发了水灾。有一个富人在渡河时不慎失足，被水淹死了，尸首被一个穷人捞去了。

穷人让儿子前去告诉富人的妻子说：“你家老爷的尸体被我们捞去了，你若想要，就带着金子来赎。”富人的妻子立即派人携金赎尸，可穷人居然嫌少。

同村有个叫邓析的人，善于为别人出谋划策。富人的妻子找他给想个办法。邓析说：“不要急，尸体是你们的，别人是不会买的，你只管等着就行了，等他卖不出去时自会主动给你送去。”富人的妻子听从了他的话，没有再去赎尸。

穷人等了几天也不见有人来赎尸，他怕尸体腐烂，十分着急，也请邓析给出个主意。邓析对他说：“不要急，她不找你买还能找谁买呢？你只管等着吧。”

就这样，两家人听了邓析的话以后，都在家干耗着，结果，尸体没过几天就腐烂了。

慧言箴语

邓析“操两可之说，设无穷之词”，他这种否定是非客观标准的相对主义的诡辩是非常不可取的。

随珠弹雀

今且有人于此，以随侯之珠，弹千仞之雀，世必笑之。是何也？则其所用者重，而所要者轻也。

——庄子《庄子·让王》

随珠是古时候非常珍贵的一种宝珠，很稀有，无论谁有幸得到，都会十分珍惜。

可是有这么一个人，他很喜欢打鸟，竟然不惜用随珠做弹丸。一次，他看见高空中飞过一只麻雀，急忙掏出弹弓瞄准，射出了一颗随珠。随珠虽射出去了，麻雀却没被打中。人们看见了，都嘲笑他愚蠢。他却不以为然地说："真是少见多怪！我喜欢的是鸟，何必在乎用什么做弹丸呢？"

这个人不知道，他为了得到一个很卑微的东西，付出了昂贵的代价，这是很不值得的。

慧言箴语

无论做什么事，都要讲究得失轻重，如果不能正确估量事物的价值，胡来一气，将得不偿失。

吴王射猴

吴王渡江狩猎，到猴山，群猴惊走，唯有一猴从容跳跃。王射之，猴机敏接箭。于是王命随从射之，猴即死。

——庄子《庄子·杂篇》

从前有一座山，山上树木繁茂，风景秀丽，满山遍野都是野果，因为有很多猴子生活在那里而得名猴山。

一次，吴王乘船在江上游玩。他看到了猴山后，被这美好的景色迷住了，命随从在猴山脚下泊船，在随从的陪同下登山游览。

猴子们见这么多人向山上走来，都吓得惊慌失措，四下逃窜，躲进荆棘深处不敢出来。只有一只猴从容自得地待在原地，还时不时地抓耳挠腮，手舞足蹈，故意在吴王面前卖弄它的灵巧。

吴王拉开弓，用箭射它。这只猴子敏捷地抓住了射来的箭，便更加骄傲了。吴王有些气恼，命令随从们一起拉弓射这只猴子。这么多箭一起射过去，猴子招架不住，当即被射死了。

吴王对他的随从们说："这个猴子，倚仗自己灵巧，就过分卖弄自己，最终丢掉了性命。你们一定要引以为戒，千万不要恃才傲物啊！"

慧言箴语

本领不可夸，智慧不可耀，如果锋芒毕露，毫无节制地表现自己，很可能招来祸患。因此，一定要韬光养晦。

负隅顽抗

虎负嵎，莫之敢撄。

——孟子《孟子·尽心下》

战国时，有一年齐国境内饥荒严重，饿死了很多人。孟子的学生陈臻得知此事后，心情沉重，他来到孟子面前说道："老师，您一定也有所耳闻，齐国眼下这场饥荒，饿死的百姓不计其数。人们都说您会再次劝说齐王开启谷仓，救济黎民。但我认为您不会再这么做了，是这样吧？”孟子答道：“没错。否则我就变成第二个冯妇了。”

孟子接下来讲述了有关冯妇的故事。冯妇是晋国的一名猎人，尤其擅长与老虎搏斗，在当地很有名气。他后来收手不干，声明不再打虎，便也渐渐为人们所淡忘。直到有一年，一只异常凶猛的老虎出没于一片山林，还时常伤害过路之人，当地的百姓深受其苦。几名年轻的猎人决心为民除害，消灭这只老虎。他们一路追踪，将老虎逼至山边的死角。老虎负隅顽抗，气势惊人。猎人们心存恐惧，不敢上前。恰逢此时，冯妇坐车经过。猎人们纷纷上前请求冯妇施以援手，帮忙打死这只老虎。冯妇毫不犹豫地走上前去，与老虎展开搏斗，最终除掉了这只老虎，令当地百姓重新过上了平静安稳的生活。猎人和百姓们对此都心存感激，可冯妇却因食言而遭到某些读书人的讥笑。

后来人们就开始用“负隅顽抗”比喻依仗某种条件顽固抵抗。

慧言箴语

人的想法和实际行为，往往就是会像冯妇打虎一样无奈地发生偏差，而究竟作何选择，只能由人们自己去权衡了。

蜗角之战

戴晋人曰：“有所谓蜗者，君知之乎？”曰：“然。”“有国于蜗之左角者曰触氏，有国于蜗之右角者曰蛮氏，时相与争地而战，伏尸数万，逐北旬有五日而后反。”君曰：“噫，其虚言与？”

——庄子《庄子·则阳》

战国时期，魏国、齐国曾结盟，约定共同扩张领土，平分天下。可不久，齐国就违背了诺言。魏国的公孙衍向魏王请战说：“请让我率军讨伐齐国，俘虏它的人民，缴获它的牛马，攻下它的都城，活捉齐王，替您解气。”魏王当即召集军队，准备伐齐。

贤士戴晋人听说了这件事，前来觐见魏王。他首先给魏王讲了一个蜗角之战的故事：

从前，在蜗牛的两只角上分别有两个国家，左角是触氏国，右角是蛮氏国。两国为争夺地盘，经常争战。每次争战后，两国都会尸横遍野，死伤无数。败方拼命逃命，胜方则乘胜追击。

魏王听完，说：“这是你编出来的吧？”戴晋人说：“请让我证明这些话。在您的想象中，宇宙有边界吗？”魏王说：“宇宙无穷无尽，没有边界。”戴晋人说：“如此说来，您的想象总是驰骋在无边的宇宙中。可在现实中，您的视野却只限于四海九州。现实的有限与想象的无穷相比，难道不是太微小了吗？而魏国和齐国，不就是蜗牛头上的两个角吗？如果魏、齐二国无休止地争战，那么跟触氏与蛮氏之间的战争有何区别呢？”魏王感叹地说：“你说得对啊！”最终，魏王放弃了讨伐齐国的计划。

名家典籍

庄子是个廉洁、正直的人，主张修身养性、清静无为。他还是一个愤世嫉俗的人，对当时的世态充满了悲愤与绝望。

慧言箴语

人与浩瀚的宇宙相比，极其渺小，没有任何事情是值得耿耿于怀的，又何必互相争夺、互相冲突呢?

从容不迫

庄子与惠子游于濠梁之上。庄子曰："鲦鱼出游从容，是鱼之乐也？"惠子曰："子非鱼，安知鱼之乐？"庄子曰："子非我，安知我不知鱼之乐？"惠子曰："我非子，固不知子矣；子固非鱼也，子之不知鱼之乐，全矣。"庄子曰："请循其本。子曰'汝安知鱼乐'云者，既已知吾知之而问我。我知之濠上也。"

——庄子《庄子·秋水》

庄子，名周，战国时期宋国人，是我国古代著名的思想家、哲学家和文学家。惠子，名施，是庄子一生的朋友和论敌。

有一次，庄子和惠子在濠水桥上观鱼。庄子看着水中的鱼儿说道："看这鱼在水中不慌不忙、自由自在地游着，

蜗角之战

这就是鱼的快乐啊！”惠子闻言，反问道：“你又不是鱼，怎么知道鱼的快乐？”庄子马上回答道：“你又不是我，怎么知道我不知道鱼的快乐呢？”惠子也随即反驳道：“没错，我不是你，所以不知道你心中所想。同理，你也不是鱼，自然也不知道鱼是否快乐。”

庄子听后解释道：“让我们回到这个辩题之初。你问我怎么知道鱼的快乐，可见你已经承认我知道鱼的快乐，所以才向我发问。我可以告诉你的是，我所以知道鱼的快乐，正是因为我站在这濠水桥上。此刻我二人在桥上观鱼，悠然自得。而鱼在水中嬉戏，同样也是从容不迫。因而我知道，它和我们一样，都正享受着快乐。”

慧言箴语

“子非鱼，安知鱼之乐”，自己心中的喜怒哀愁，只有自己体会最深，这是人之常情。但是，又有多少人被过激的情绪所左右，进而做出追悔莫及的事呢？情绪只是外界事物在我们心中的反映，不应该主宰我们的言行，让我们脱离理性的主宰。一个人如果做到不以物喜，不以己悲，就能保持像鱼在水中嬉戏、庄子在水旁观鱼的这份从容。这份从容，在当下这个稍显浮躁的社会中实在是难能可贵的。

贵在认真

长梧封人问子牢曰：“君为政焉勿鲁莽，治民焉勿灭裂。昔予为禾，耕而鲁莽之，则其实亦鲁莽而报予；芸而灭裂之，其实亦灭裂而报予。予来年变齐，深其耕而熟耰之，其禾蘩以滋，予终年厌飧。”

——庄子《庄子·则阳》

战国时期，守护封疆的人叫作封人。一天，长梧地方的封人碰到了孔子的学生子牢。封人知道子牢是个很有见解的人，就与他探讨起了治理地方、管理长梧的方法。

封人说：“我认为处理政务绝不能鲁莽，管理百姓更不可粗暴。一定要了解真实的情况，才能对症下药。”子牢听了点了点头。接着，他们又从治理之道谈到了种田之道。

封人说：“我曾种过庄稼。那时，我耕地总是马虎、应付，一点也不用心，庄稼长势很差。锄草时，我也总是粗心大意，不是锄断了苗根，就是锄坏了枝叶。到了秋季，那些仔细侍弄庄稼的人都五谷丰登，我却收成无几。”

听了封人的话，子牢很关心地问：“那你后来怎么办了呢？”

封人说：“后来我总结了自己种田的教训。第二年时，我深耕细作、认真除草、悉心照管庄稼，不再粗枝大叶地应付了事，结果收成很好，一整年都丰衣足食。”

封人又接着说：“从种田的失败和成功中，我悟出了一个道理，那就是贵在认真。不仅种田如此，做其他的事情也都一样。现在我出任地方官，也一直遵守着这条做人的准则。”

子牢回去后，常常拿封人的事教育别人。

慧言箴语

认真的态度是做好事情的前提和保证。一分耕耘，一分收获，只有认真负责，并通过艰苦细致的劳动才能达到理想的效果。

子路问津

长沮、桀溺耦而耕。孔子过之，使子路问津焉。长沮曰："夫执舆者为谁？"子路曰："为孔丘。"曰："是鲁孔丘与？"曰："是也。"曰："是知津矣。"

——《论语·微子》

长沮和桀溺是春秋时期的两个隐士。有一天两人正一起耕地，孔子与学生正好周游到此，找不到渡口了。孔子见田地里有两个人正在劳作，就叫学生子路去问路。

子路毕恭毕敬地上前请教："请问二位，渡口在哪？"长沮听了没有回答，而是指着孔子反问道："那个人是谁？"子路说："那是我的老师孔丘。"长沮听了，不以为然地说："原来是大名鼎鼎的孔丘啊，他不是无所不知吗？怎么连渡口在哪都要来问呢？"

子路见他为人这么尖酸，就转向桀溺，又问了一遍。桀溺也没有回答，而是问他："你是谁？"子路说："我是仲由。"桀溺说："当今社会纷乱，有如洪水滔滔，任谁也扭转不了这种局面。你与其跟随孔丘躲避坏人，还不如跟着我们躲避世上所有的人，做个不理世事的隐士。"

说完便低头继续耕作。

子路回来把他们二人的话讲给了孔子，孔子说：“我怎么能隐居山林，和鸟兽生活在一起呢？我们生为人，就要和人生活在一起。如果天下太平了，我也就不用再辛劳奔走了。”

慧言箴语

长沮和桀溺面对纷乱社会，不但自己消极避世，还不理解孔子为世事而奔波的作为，足见其顽固之至。

唇亡齿寒

晋侯复假道于虞以伐虢。宫之奇谏曰：“虢，虞之表也。虢亡，虞必从之。晋不可启，寇不可玩，一之谓甚，其可再乎？谚所谓‘辅车相依，唇亡齿寒’者，其虞、虢之谓也。”

——左丘明《左传·僖公五年》

春秋时期的晋国是周朝初立时周成王的弟弟叔虞的封地，晋国的南面有两个小国，一个叫虞，一个叫虢。这两个国家山水相连，祖先又都姓姬，所以世代以来和睦相处。但是虢国的国君是个狂妄自大的人，经常到晋国边界闹事，袭扰晋国。

晋献公觉得虢国是心腹之患，却一直没找到机会来解决这件事。

有一天，晋献公问大夫荀息：“我们现在攻打虢国可以吗？”

荀息说：“现在可不行。现在虞、虢两国关系很好，要是攻打虢国，虞国一定来援助。他们力量强大，我看咱们恐怕没有把握取得胜利。”

献公说：“照你这么说，只好眼看着咱们被虢国欺负。”

荀息说：“那也不是，虢国国君喜欢玩乐，我们送些美女给他，让他不理政事，尽情享乐，我们就可以趁机去攻打虢国了。”

晋献公依计而行。虢公见了晋国送来的美女，果然沉迷其中，什么正事都抛到脑后了，整日吃喝玩乐，花天酒地。晋献公见时机成熟，就准备举兵进攻虢国。

大臣荀息又献计说：“咱们去攻打虢国，最好能阻止虞国对他的救援。虞国国君是个目光短浅、贪图小利的人，您可以送他价值连城的美玉和宝马，向他借路攻打虢国，他不会不答应的。这样一来，虢国就会猜疑虞国，虞国也就不会帮助虢国了。”

献公说：“我们刚刚给虢国国君送去美女，现在又要去讨伐他，虞国国君怎么会相信我们呢？”

荀息说：“这容易，您派一些人去虢国北部边界捣乱，虢国一定会派人来责备咱们，咱们来个不认账，讨伐虢国的理由不就找到了吗？”

晋献公依计行事，虢国守边的官吏果然派人来兴师问罪。

晋献公看第一步成功了，就派大夫荀息出使虞国。

荀息见了虞国国君，先送上一匹千里马和一双名贵的玉璧。虞国国君贪心很重，见了礼物眉开眼笑，手里把玩着玉璧，眼睛盯着千里马，生怕荀息再要回去似的。他问荀息："这些东西是贵国的国宝，天下无双，你们国君怎么会舍得送给我呢？"

荀息说："敝国国君一向仰慕您的大名，很想和您结交，这点薄礼只是表示一点心意。顺便有点小事求您帮忙，虢国国君多次侵犯我国边界，我们打算惩罚他们，贵国可不可以借一条道，让我们过去？如果侥幸打赢了，所有缴获都送给您。"

这时，虞国大夫宫之奇阻止道："这样绝对不行，虢、虞两国的关系就好比嘴唇和牙齿，俗话说'唇亡齿寒'，如果没了嘴唇，牙齿也保不住啊。虢国被灭了，咱们虞国还能生存吗？"

虞国国君说："晋国连这么贵重的宝贝都送给我了，咱们连条道都舍不得借给他，未免太说不过去了。而且晋国比虢国强大十倍，就算失去虢国，有更强大的晋国做朋友，有什么不好呢？"

宫之奇想再劝他几句，但是虞国国君一点也听不进去，还待荀息如上宾。

宫之奇料到虞国一定会灭亡，便带着全家老小悄悄地逃离了虞国。

晋献公在周惠王十九年（公元前658年）派里克和荀息去讨伐虢国，虢国终于在周惠王二十二年（公元前655年）被灭了。

里克将抢来的财宝和俘获的美女分了一些给虞国国君，然后里克就将大军驻扎在虞国的都城外，说休息几日再回去，虞国国君也不以为意。

荀息进献千里马

忽然有一天守卫宫门的人进来报告："晋国的大军到了。"虞国国君才如梦初醒。

最后虞国国君被俘，虞国灭亡。

慧言箴语

"唇亡齿寒"多用于形容两个邻国，以及有重要利益关系的个体。世间永恒不变的规律便是弱肉强食，世间万物在这个规律的影响下相互之间形成了不少"唇亡齿寒"的依托关系，就如树木和人类的关系一样，世界上如果没了树木，那么人类便难以生存了。

余桃啖君

昔者弥子瑕有宠于卫君。卫国之法，窃驾君车者罪刖。弥子瑕母病，人间往夜告弥子，弥子矫驾君车以出。君闻而贤之曰："孝哉，为母之故，忘其刖罪。"异日，与君游于果园，食桃而甘，不尽，以其半啖君。君曰："爱我哉！忘其口味，以啖寡人。"

——韩非《韩非子·说难》

战国时期，卫国有条法律：谁偷坐了国君的马车，就要被砍去双脚。

卫国有个叫弥子瑕的大臣，很受卫王宠信。一天深夜，弥子瑕乡下的亲戚跑来告诉他，说他的母亲病危，叫他回去一趟。情急之下，弥子瑕偷来了卫王的马车，连夜赶回

了乡下。

第二天，群臣知道这件事后，都以为弥子瑕的双脚一定保不住了。不料，卫王得知此事后，不但没有生气，反而称赞弥子瑕：“真是孝子啊！为了母亲，他竟然不在乎自己会被砍脚。”最终没有治他的罪。

又一次，弥子瑕和一些大臣陪卫王到果园散步，园子里的桃树上结满了又大又红的桃子。弥子瑕想摘个桃子献给卫王，就爬上桃树摘了一个最大的。谁知，他摘下桃子自己先咬了几口后，才把桃子送给卫王。大臣们以为弥子瑕把吃剩的桃子给卫王，一定会惹得卫王大发雷霆。可卫王却高兴地接过桃子，津津有味地吃了起来，还称赞道：“弥子瑕真是一心为我啊，自己先尝过桃子甜不甜，才给我吃。甚至因为急着让我尝到甘甜，而忘记了桃上沾着他的口水。”

几年后，弥子瑕失宠于卫王了。一次，弥子瑕不小心得罪了卫王，卫王勃然大怒，翻出陈年旧账，说：“当初你偷驾我的马车，目中无人；又让我吃你的剩桃，借此侮辱我，该当何罪？”

其实，弥子瑕的行为并没有改变，而以前被认为是贤惠，后来却因此而获罪，都是因为卫王的爱憎观改变了。

慧言箴语

卫王对弥子瑕的态度前后截然相反，是因为他没有从实际出发，而单以个人好恶来判断是非。

实心葫芦

齐有居士田仲者，宋人屈谷见之，曰：“谷闻先生之义，不恃仰人而食，今谷有巨瓠，坚如石，厚而无窍，献之先生。”仲曰：“夫瓠所贵者，谓其可以盛也。今厚而无窍，则不可剖以盛物；而坚如石，则不可以剖而斟，吾无以瓠为也。”

——韩非《韩非子·外储说左上》

春秋时期，齐国有个名叫田仲的隐士。他淡泊名利，

品德高尚。楚王听说这个人以后，认为他是个贤才，想请他当卿相，辅佐自己治理国家。于是楚王派人带上重金，请他出山，可是却被田仲拒绝了。

宋国人屈谷听说这件事后，来到田仲隐居之地拜访他。屈谷说："我听说先生远离人世，高风亮节，不依靠别人生活，十分钦佩。我带来一个大葫芦，坚硬如石，皮厚而中心没有空洞，想把它送给您。"田仲说："葫芦之所以可贵，是因为它可以盛放东西。而你的葫芦是实心的，不能盛物；又坚硬如石，难以剖开。这个葫芦没有任何用处啊！"屈谷说："您说得很对，这个葫芦确实没用，我应该把它丢弃。您不依赖他人而食，也不为国家做事，对国家是没有益处的人，不也是实心葫芦之类吗？"田仲听了屈谷的话，无言以对。

慧言箴语

一个人自食其力，无可厚非；但是如果徒有虚名而不务实，于国于民毫无益处，也就失去做人的意义了。

智慧篇

智慧是人生最宝贵的财富。用聪明的头脑指挥你的思维，用独特的思维决定你的出路，时刻拥有人生的大智慧，你将赢得一次次的成功！

神龟的智慧

宋元君夜半而梦人被发窥阿门，曰："予自宰路之渊，予为清江使河伯之所，渔者余且得予。"元君觉，使人占之……曰："有。"君曰："令余且会朝。"明日，余且朝。君曰："渔何得？"对曰："且之网得白龟焉，其圆五尺。"

——庄子《庄子·外物》

有一只神龟被一个打鱼人捉住了，就托梦给宋国国王宋元君。夜间，宋元君梦见了一个披头散发的人在门口探头探脑地向里窥视，并说："我住在一个名叫宰路的深潭里。我在替清江水神出使河伯居所时，被一个叫余且的渔夫捉住了。"

宋元君早上醒来，找人占梦。占卜人说："这是一只神龟给大王托的梦。"宋元君问左右的人说："有没有一个叫余且的渔夫？"左右回答说："有。"于是，宋元君命令手下人找来余且。

余且来见宋元君。元君问他："你打鱼时捕捞到了什么？"余且说："我捕到了一只大白龟，龟的背围足足有五尺长。"宋元君命令余且将龟献上。余且不敢抗命，只得将捉到的白龟献了出来。

宋元君得到神龟后，不知该怎么处置，最后只好请占卜人来做决断。占卜的结果是："如果杀掉这只龟，用它来占卜，一定大吉。"于是，宋元君命人将神龟杀死，剖空了它的肠肚，用龟壳进行占卜，结果一共卜了72次，竟然次次都灵验。

神龟遗捕

孔子对这件事深有感慨地说："这只神龟有托梦给宋元君的本事，却没有逃脱余且之网的本事。它的智慧能达到 72 次占卜次次灵验的境地，却不能避免自己被开肠剖肚的灾祸。"

慧言箴语

有的时候，聪明也有受局限的地方，智慧也有照应不到的事情。

狡兔三窟

狡兔有三窟，仅得免其死耳。

——刘向《战国策·齐策四》

战国时期，齐国公子孟尝君很喜欢与有文采、有侠客风范的人交朋友。为了能常与他们讨论国家大事，他就邀请这些人到家中长住。在这些人当中，有个叫冯谖的，他常常一住就是很长时间，却什么事都不做，孟尝君觉得很奇怪，但还是热情招待冯谖。

有一次，冯谖替孟尝君到其封地薛讨债，临行前问孟尝君需要添置些什么东西，孟尝君随口就说："你做主吧，看我家缺什么就买些回来。"冯谖到了薛城，把欠债的百姓召集起来，叫他们把债券拿出来核对。老百姓正因还不起债发愁，冯谖当众决定：还不起债的，一概免了。老百姓听了将信将疑，冯谖干脆点起一把火，把债券烧掉了。

冯谖

冯谖赶回临淄，把收债的情况告诉孟尝君。孟尝君听了十分生气："你把债券都烧了，我这里三千人吃什么！"冯谖不慌不忙地说："我临走的时候您不是说过，这儿缺什么就买什么吗？我觉得您这儿什么都不缺，就缺老百姓的情义，所以我把'情义'买回来了。"孟尝君很不高兴，但也没再说什么。

后来，孟尝君被齐王解除了相国的职位，不得不回到薛地定居。他的车马离薛城还差一百多里，就见薛城的百姓扶老携幼，前来迎接。孟尝君看到这番情景十分感动，他对冯谖说："你过去给我买的'情义'，我今天算是看到了。"

直到这时，冯谖才对孟尝君说："通常聪明的兔子都有好几个洞穴藏身，所以能在紧急的时候逃过猎人的追捕，免除一死。但是您却只有一个藏身之处，所以，您还没有到高枕无忧的地步，我愿意再为您多安排几个藏身之处。"

于是冯谖去见梁惠王，他告诉梁惠王说，如果梁惠王能请孟尝君帮他治理国家，那么梁国一定能够变得更强盛。于是梁惠王派人邀请孟尝君到梁国任要职。可是，梁国的使者一连来了三次，冯谖都叫孟尝君不要答应。这时梁国请孟尝君去治理梁国的消息传到齐王那里，齐王赶紧派人请孟尝君回齐国当相国。这样，冯谖为他凿成了第二窟。之后，冯谖又建议孟尝君向齐王请求赐给自己先王的祭器，在薛地建造宗庙供奉，齐王答应了。这样一来，齐王不得不派兵保护薛地，以免宗庙受他国侵袭。宗庙建好后，冯谖对孟尝君说："现在属于您的三个安身之地都建造好了，从此以后您就可以放心了。"

慧言箴语

狡兔有三窟，所以能够逃过猎人的追杀，高枕无忧。居安思危，多为未来打算的人是聪明人。冯谖住在孟尝君那里很长时间，什么也不做，孟尝君仍然热情地招待他。孟尝君的这种行为赢得了冯谖的心。所以冯谖为孟尝君收买人心，谋得三窟，使得孟尝君可以平安无事。

按兵不动

赵简子按兵而不动，凡谋者疑也。

——吕不韦《吕氏春秋·恃君览》

春秋末，卫国国君卫灵公为摆脱晋国的控制，宣布与晋国绝交。晋国卿大夫赵鞅（即“赵简子”）不能忍受卫国的背叛，计划攻占卫国都城帝丘，进而强迫卫灵公屈服。进攻前，晋国大夫史默被派往卫国暗中察看，按命令需一个月内返回。

然而，史默并没有按时回国。赵鞅拒绝了大臣们按计划出兵的劝说。他坚持等史默回来，了解卫国情况之后再出兵。半年后史默终于回来了。他回报说卫灵公为了激发国人对晋国的对立情绪，采取了一连串的措施。大夫王孙贾向卫国人大肆宣扬说：“晋国已经威胁卫国，要求每个有姐妹或女儿的人家抽出一人送到晋国当人质。”为了让卫国人相信，卫灵公还派王孙贾挑选出一批宗室大夫的女儿，佯装将她们送往晋国。出发那天，卫国的老百姓们群

史默说赵鞅

情激昂，坚决反对向晋国送人质，并且纷纷愤怒地表示只要晋军敢侵犯卫国，必将誓死抵抗到底。

史默最后补充道："当前卫国贤才众多，百姓对敌气势高昂，恐怕很难用兵强行征服卫国。"史默的这番话让赵鞅了解到现在不宜立即进攻卫国，于是他按兵不动，以待时机到来。

慧言箴语

在时机尚不成熟的时候，"按兵不动"是最高明的一招棋——既可以养精蓄锐、以利再战，又可以静观其变、伺机出击。倘若赵简子为了意气"迎难而上"，执意要攻打众志成城、誓死一战的卫国，很可能会遭到惨痛的失败。

出奇制胜

凡战者，以正合，以奇胜。故善出奇者，无穷如天地，不竭如江河。

——《**孙子·兵势篇**》

战国时期燕国有个将军名叫乐毅，很受燕昭王器重。公元前 284 年，燕昭王任命乐毅为上将军，大举进攻齐国。乐毅一连拿下七十多座城池，并包围了齐国的莒城和即墨城。因此燕昭王更加重用乐毅了。但太子与乐毅不太和睦。公元前 279 年，燕昭王去世，太子即位，是为燕惠王。燕惠王即位后，依然对乐毅心怀疑惧。

这时，齐国即墨守将田单乘机往燕国派出大批间谍，到处散布谣言说：“齐国的国王早就死了，齐国的城池也只剩两座。乐毅之所以没有征服齐国，是因为他跟新燕王有矛盾，害怕回去后被杀掉。乐毅想以伐齐为名，拥兵自重，南面称王。”燕惠王听信这些流言，便命令骑劫代替乐毅做上将军。乐毅只得逃到赵国，燕军军心涣散。

骑劫接收了乐毅的兵权后，求胜心切，一到齐国就拼命攻城，可是田单不跟他交战。田单命令城中居民每次吃饭时，都要把供品摆在院子里祭祀祖先，结果引来许多飞鸟。古人把飞鸟群集看成吉祥的征兆。燕军见即墨上空飞鸟成群，很奇怪。田单乘机又让一名小卒假扮“神师”，对外造谣说：“老天爷给我派了一名‘神师’教我用兵。”而且每次操练，田单都打着“神师”的旗号。田单利用当时的迷信风气，既欺骗了燕军，又使部下个个信服他。

接着，田单派到燕军的间谍散布说：“我最怕燕军割掉齐军的鼻子。”燕军听说后，果然照办。守城的齐军一看，被俘虏去的齐国士卒全部被割掉鼻子，一个个义愤填膺，把城池防守得牢牢的，唯恐被燕军抓去。几天后，田单派人又散布谣言说：“我们的祖坟都在城外，如果被燕军掘掉，那太叫人寒心了。”燕军听说后，就去掘坟焚尸。城上的守军见了，更加痛心疾首。

田单看守城军民求战心切，士气高昂，便带领大家一起修筑工事。城池加固后，田单派遣使者请降。田单在约定投降的前一天，集中了一千多头牛，并用五颜六色的颜料，在红布上画了张牙舞爪的猛兽图案，分别披到牛身上。牛角上绑上锋利的短刀，牛尾上系着浸了油脂的麻。然后又把城墙挖开几十个洞。黄昏时分，精选的五千名士兵将脸涂成五颜六色的，带着兵器把牛赶到洞口，然后将牛尾上的麻点上火。牛又疼又怕，拖着“火扫帚”发狂似的冲向燕军阵地，五千名化装的士兵也紧跟着牛群冲了上去。燕军大败，骑劫也被齐兵杀掉了。田单乘胜追击，陆续收复了七十余座城池。

慧言箴语

古代军事家孙子认为，在战术的应用上要出奇制胜，有法可循但不可囿于法，让对手无法捉摸，以此取得胜利。田单就是用了出奇制胜之略战胜了敌人。后来人们从中总结出“出奇制胜”这个成语，意为用奇兵或奇计制服敌人，取得胜利。后指用别人意料不到的方法取胜。

兵不厌诈

战阵之间，不厌诈伪。

——韩非《韩非子·难一》

春秋时期，大国争霸，最先崛起的是东方的齐国。齐桓公死后，齐国内乱，霸业遂告中衰。这时，位于长江中游地区的楚国乘机向黄河流域扩展势力，并在泓水之战中挫败宋襄公，将自己的势力范围发展到长江、淮河、黄河、汉水之间，控制了郑、蔡、卫、宋、鲁等众多中小国家。

就在这时，盘踞在今山西、河南北部、河北西南一带的晋国也兴盛了起来。公元前636年，晋文公执政。他对内修明政治，发展经济，整军经武；对外高举“尊王”旗帜，实力逐渐强大。这引起了楚国的不安。

公元前634年，鲁国因和曹、卫两国结盟，遭到齐国进攻，便向楚国求援。而泓水之战后被迫屈服于楚国的宋国，见晋国实力日增，就转而依附晋国。楚国为维持自己在中原的地位，出兵攻打齐、宋，借此来扼制晋国。而晋国也不甘心长期局促于黄河以北，便借机以救宋为名，出兵中原。

公元前633年冬，楚成王率领楚、郑、蔡多国联军攻打宋国，宋国向晋国求救。第二年春天，晋文公派兵攻占了楚的盟国曹国和卫国。楚成王十分愤怒，便派令尹子玉和晋国交战，两军在城濮（今河南城濮）对阵。

晋文公重耳做公子时，受后母迫害，曾逃到楚国，受到楚成王的款待。楚成王要重耳以后报答，重耳说：“假如您能帮我回国执政，万一遇到两国发生战事，双方交手，我会退避三舍。”为了实现当年的诺言，晋文公下令撤退九十里，楚国大将子玉率领楚军紧逼不舍。当时，楚军联合了陈、蔡等国，兵力很强；晋国联合了齐、宋等国，兵力较弱，应该怎样作战呢？

晋文公召见他的舅舅子犯，问他说：“我们就要和楚国开战了，楚国强大，而我们弱小，应该怎么办呢？”子犯说：“君子平时应当多讲忠诚和信用，但在你死我活的战争之中，不妨多用些欺诈的手段迷惑对方。”晋文公听从了子犯的策略，首先击溃由陈、蔡军队组成的楚军右翼，然后主力假装撤退，引诱楚军左翼追赶，再以伏兵夹击。

楚军左翼大败，中军也被迫撤退，子玉旋即被迫自杀。城濮之战晋国大获全胜。

城濮之战后，晋文公在践土（今河南郑州西北）朝觐周王，与齐、鲁、宋、郑、蔡、莒、卫等国会盟，向周王进献所俘获的楚国兵马，周襄王正式命晋文公为侯伯。晋国终于实现了“取威定霸”的政治、军事目标。

慧言箴语

楚、晋在城濮交兵，晋文公先退避三舍，实现了自己当初为楚王立下的诺言。文公的舅舅子犯说：“君子平时应当多讲忠诚和信用，但在你死我活的战争之中，不妨多用些欺诈的手段迷惑对方。”这充分体现了具体问题具体分析、区别对待的方法。我们在生活中也应该像子犯那样。“兵不厌诈”讲的是要善用计谋欺敌，是一种心理战术，现代军事称作对敌实施诡诈心理战。

鹬蚌相争

蚌方出曝，而鹬啄其肉，蚌合而拑其喙。鹬曰：“今日不雨，明日不雨，即有死蚌！”蚌亦谓鹬曰：“今日不出，明日不出，即有死鹬。”两者不肯相舍，渔者得而并禽之。

——刘向《战国策》

战国时，赵、燕二国是实力相对较弱的国家，强大的秦国对它们觊觎已久。

一次，赵国国君赵惠文王打算出兵攻打燕国。为了避免两个弱国的战争，燕国的苏代前来游说赵惠文王。

苏代对赵惠文王说：“请大王先别谈攻打之事，先听我讲个故事：有一天天气很晴朗，阳光普照，河岸上十分暖和。一只很久没上岸的河蚌爬到了岸上，张开蚌壳很舒适地晒着太阳。不一会儿，河蚌就打起了瞌睡。这时，一只鹬鸟飞了过来，它见河蚌正在睡觉，就悄悄地落在河蚌的身边，乘机用它那长长的尖嘴啄河蚌的肉。河蚌猛然惊醒，迅速地把蚌壳一合，将鹬鸟的尖嘴紧紧地夹住了。鹬鸟死死地拉着河蚌肉，河蚌无法回到河里；河蚌紧紧地夹着鹬鸟的嘴，鹬鸟想飞也飞不走。它们就这么互不相让，干耗着。

鹬鸟说：‘我看你能在岸上待多久！如果今天不下雨，明天也不下雨，你就会被干死、晒死，到时候，这岸上就会有一只死蚌了。’说完得意地大笑起来。

河蚌也毫不示弱地说：‘我看你能饿多久！我今天不松开你的嘴，明天也不松开你的嘴，你就会被饿死在这里，到时候这岸上就会有一只死鹬了。’

这时来了一位渔人，他没费什么力气就把蚌和鹬都捉住了。

听完苏代的故事，赵惠文王幡然醒悟，说：“是啊，如果我们小国自相残杀，让秦国从中得利，那我们跟这故事里的鹬和蚌有何区别呢？”赵惠文王由此取消了攻打燕国的计划。

慧言箴语

对于弱小国家来说，在大敌当前时，最明智的做法就是以国家利益为重，缓和小国之间的矛盾，保存实力，共同抵御强敌。如果小国之间争斗不休，互不相让，只会两败俱伤，使第三者得利。

不死之药

有献不死之药于荆王者，谒者操以入。中射之士问曰："可食乎？"曰："可。"因夺而食之。王怒，使人杀中射之士。中射之士使人说王曰："臣问谒者，谒者曰可食，臣故食之。是臣无罪，而罪在谒者也。且客献不死之药，臣食之而王杀臣，是死药也。王杀无罪之臣，而明人之欺王。"王乃不杀。

——刘向《战国策》

战国时，有一个人自称自己有长生不死药，他想将这弥足珍贵的神奇药丸献给楚王。他来到王宫外，把药交给了守门官，由守门官代为通报。

守门官捧着药正要进宫去献给楚王，路上碰上了宫中的卫士。

卫士问："你拿的是什么？"

守门官说："是长生不死药。"

卫士说："是可以吃的吗？"

守门官说："当然可以吃。"

这时，卫士从守门官手里一把夺过药，就吃了下去。守门官吓得脸色惨白，对卫士说：“你竟吃掉献给楚王的长生不老药，该当何罪！”说完，立刻报告楚王。

楚王知道后，非常生气，派人捉拿卫士，要将他斩首。

卫士托人带话给楚王说：“我是问过守门官这药能不能吃，他说能吃，我才吃的。我位居守门官之下，是征得了守门官的同意才吃的，罪责应该由守门官承担。再说，如果那药真是不死之药，您把我处死了，那药岂不成杀人药了吗？这说明送您药的人在欺骗您。您这样贤明的君主被人欺骗了，传出去有损您的英明啊。”

楚王听了卫士的一番话，觉得很有道理，就把他放了。

慧言箴语

卫士本来应该是死罪一条，可他凭着自己的聪明才智，用巧妙的辩词保住了性命。可见，遇事只要多动脑筋，就不难找到解决问题的办法。

卞庄子刺虎

庄子欲刺虎，馆竖子止之，曰：“两虎方且食牛，食甘必争，争则必斗，斗则大者伤，小者死，从伤而刺之，一举必有双虎之名。”卞庄子以为然，立须之。有顷，两虎果斗，大者伤，小者死。庄子从伤者而刺之，一举果有两虎之功。

——司马迁《史记·张仪列传》

春秋时期，鲁国有个叫卞庄子的勇士。一天，卞庄子在山上看见有两只老虎向一头牛走去，他赶紧跑过去，准备刺杀老虎。一个孩子制止了他，对他说：“那两只虎正要去吃牛，当它们吃得正香的时候，就一定会因为抢肉而互相争斗起来；它们一争斗必然是大虎受伤，小虎死亡。到那时，你再朝着受伤的大虎刺去，只用杀死一只老虎的力气，就可以得到杀死两只老虎的美名，这不是更好吗？”

卞庄子认为这个孩子的意见很好，就站在旁边等待。过了一会儿，那两只老虎果然争斗起来了，结果大虎受伤，小虎被大虎咬死了。卞庄子乘机朝那只受伤的大虎刺去，果然只杀死了一只老虎，就立下了杀死两只老虎的功劳。

慧言箴语

同样一件事情，处理的方法不同，得到的结果也会完全不同。只有善于运用智慧，分析并利用矛盾，把握时机，才能收到事半功倍的效果。

楚王葬马

优孟者，故楚之乐人也。长八尺，多辩，常以谈笑讽谏。楚庄王之时，有所爱马，衣以文绣，置之华屋之下，席以露床，啖以枣脯。马病肥死，使群臣丧之，欲以棺椁大夫礼葬之。左右争之，以为不可。王下令曰：“有敢以马谏者，罪至死。”

——司马迁《史记·滑稽列传》

楚庄王十分爱马，甚至经常给它们披上绸缎，让它们睡席床，吃枣干。有一匹马因为养得太肥而死了。楚庄王很伤心，他准备按大夫的葬礼埋葬这匹马。大臣们劝谏他不要这样做，楚王非但不听，还下令：“有为葬马之事而进言的，一律杀头。”

优孟是个很有智慧的人，他听说后，走进王宫就号啕大哭。楚庄王问他为何事哭得这么伤心，优孟说：“那匹马是大王最心爱的。楚国是个大国，若只按大夫的葬礼来办理马的丧事，未免太寒碜了。”楚王问：“那怎样做才合适呢？”

优孟说：“应该举行国王般的葬礼。以白玉做棺材，红木做外椁，调遣大批士兵挖坟坑，发动全城百姓筑墓。出丧时，让齐、赵等小国的使臣在前面敲锣，让韩、魏等国的使节在后面摇幡招魂。还应建一座祠堂，专门供奉马的牌位，追封给它万户侯的谥号。这样，就能让全天下人都知道，大王把人看得很轻贱，把马看得最贵重。”

楚王听完，叹了口气说：“没想到我竟犯下了这么严重的过错。你说该怎么葬马吧。”

优孟说：“用炉灶做外椁，用铜锅做棺材，放些生姜大蒜，把马肉炖得香喷喷的，让大家饱餐一顿，把它葬到人的肚子里是最好的。”

慧言箴语

做人的思想工作时，要特别注意方式方法。像优孟这样因势利导，巧妙劝谏，定能收到良好的效果。

优孟

宋之富贾

宋之富贾有监止子者，与人争买百金之璞玉，因佯失而毁之，负其百金，而理其毁瑕，得千镒焉。

——韩非《韩非子·说林下》

宋国有个叫监止子的商人，很有经济头脑。

有一次，有人在大街上拍卖一块玉石。监止子见那玉石晶莹剔透。以他多年的经商经验判断，那是一块上等玉石。于是，他也加入到了竞买的行列。可是参与竞买的人都很有钱，他认为自己得到玉石的概率很小。于是他动了动脑筋，想到了一个好办法。他从拍卖人的手中拿过玉石观看，假装不慎失手，将玉石掉在地上摔成了两半。

众人见玉石碎了，都惋惜不已，谁也不肯出钱买了，而这正合了监止子的心意。他照价赔偿了一百金后，把碎玉石拿回了家。回去后，他精心雕琢，得到了一块光彩熠熠的宝玉，赚得了千镒，是他当时赔偿价格的十倍。

名家典籍

《韩非子》重要的篇目有《孤愤》《解老》《喻老》《势难》《说难》《定法》《五蠹》《显学》等。

慧言箴语

有的时候，要想胜，须先败，败正是为了取胜；但要在胜败之间稳操胜券，必须有败中见胜的眼光、以败求胜的权

谋和败中取胜的智慧。

拔苗助长

宋人有闵其苗之不长而揠之者，芒芒然归，谓其人曰："今日病矣！予助苗长矣。"其子趋而往视之，苗则槁矣。天下之不助苗长者寡矣。以为无益而舍之者，不耘苗者也；助之长者，揠苗者也。非徒无益，而又害之。

——孟子《孟子·公孙丑上》

战国时期，宋国有个农夫，以种田为生。又一年的春天来了，农夫辛勤地播种撒肥，种了一大片田。这个农夫是个急性子，刚播完种就三天两头地去地里看。

庄稼慢慢长大了。有一天，农夫去田里锄草，锄累了，就坐在田埂上休息起来。他坐下以后，往周围一看才发现，自己家的秧苗要比别人家的矮一截。他想：我怎么才能让我的秧苗和别人家的一样高呢？左思右想，他也没想到什么好主意，就垂头丧气地回家去了。为此，他愁得睡不好觉，吃不下饭。

第二天，他又扛着锄头来到田里锄草，忽然冒出了一个想法：把秧苗往上拔一拔不就变高了吗？说干就干，他把锄头扔在一边，弯腰一颗颗地拔起了秧苗，从这头拔到那头。炙热的太阳晒得他大汗直流，他都顾不上擦，继续埋头拔苗。干了整整一天，所有的秧苗都在他的帮助下"长高"了。

晚上他回家后，一看到妻子就兴奋地说："今天我真是累坏了！不过我可干了一件好事。我把田里的庄稼都拔高了。它们一下子就长高了很多，现在谁家的秧苗都比不上咱们家的高了！"妻子听了大吃一惊，连话也顾不上说，就往田里跑。妻子来到田里一看，庄稼已经全都枯死了。

慧言箴语

每个事物的发展都有自己的客观规律，人若不遵守这些规律，急功近利、急于求成，就只能失败。

畏影恶迹

人有畏影恶迹而去之走者，举足愈数而迹愈多，走愈疾而影不离身，自以为尚迟。疾走不休，绝力而死。不知处阴以休影，处静以息迹，愚亦甚矣！

——庄子《庄子·渔父》

有一个人，总是很讨厌自己的影子。他觉得走在路上时，有个黑影跟着自己很恐怖。瞧瞧地上，自己每走一步，就留下一个脚印。他看到这些脚印也十分害怕。为此，他总想摆脱自己的影子和脚印。

有一天，他走在路上时，又想甩掉自己的影子和脚印，就加快了脚步。当他路过朋友家时，已经累得满头大汗了，就干脆到朋友家里坐坐，歇歇脚。他刚推开朋友家的门，就发现影子不见了。他松了一口气，说："这下好了。"

朋友见他慌张的样子，以为出了什么事，就问他：“你怎么了？”他不好意思说实话，就说：“没什么，就是累了，来你这坐会儿。”他跟朋友聊了会儿天，休息了好半天，又见影子、脚印都没有了，就准备起身回家。

可他一走到路上，影子和脚印就又出现了，还像先前一样紧跟着自己。这下，他更害怕了，以为是自己走得慢，影子和脚印又追上来的缘故，就拼命奔跑起来。可是他跑得越快，影子也跟得越快，脚印也越来越多。他就这样跑着，到了家门口也不敢进去，怕把影子和脚印一并带回家去。他就这样一直这样跑个不停，最后累得筋疲力尽，倒地死去了。

其实，这个人不知道，只要在阴暗处停下来，就不会有影子；停下脚步，就不会有脚印。

慧言箴语

解决问题时，必须探究事情的根本。不抓根本而抓枝节，不但不能解决问题，反而会被问题压倒。

烤肉治罪

宰人顿首再拜请曰：“臣有死罪三：援砺砥刀，利犹干将也，切肉，肉断而发不断，臣之罪一也；援木而贯脔而不见发，臣之罪二也；奉炽炉，炭火尽赤红，炙熟而发不烧，臣之三罪也。堂下得无微有疾臣者乎？”公曰：“善！”

——韩非《韩非子·内储说下》

晋文公在位时，非常喜欢吃烤肉。

有一次，晋文公设宴。厨师专门为他烹制了一盘烤肉。晋文公拿起一块肉刚要吃，忽然发现烤肉上粘着一根头发。晋文公很生气，大声训斥厨师说："你存心谋害我吗？为什么烤肉上居然有一根头发？"

厨师一听，赶忙接过肉来仔细看了一下，然后跪下连连叩拜说："我犯了三条死罪，请您处置。"晋文公问他："你自己说你都犯了什么死罪？"

厨师说："我用最好的磨刀石磨刀，把刀磨得比利剑还锋利，使它能切肉如泥，可是却没切断毛发，这是我的第一大罪过；我把肉块穿在木棍上仔细地翻烤，却没有发现毛发，这是我的第二大罪过；我在烈焰炙人的炭火上烤肉，把肉烤得油光可鉴、香味扑鼻，可是却没把肉上的毛发烤焦，这是我的第三大罪过。您是一位明察秋毫的圣明君主，我请求您盘查一下堂下的臣仆，看看其中是否有人想陷害我。"

晋文公听了厨师入情入理的分析后，明白了此事不是他所为，一定另有其人。于是立即召集属下进行追问，果然找出了那个在烤肉上放头发的人。他栽赃厨师，是为了取代厨师的地位。

慧言箴语

厨师面对晋文公的质问，没有急于为自己辩解；而是先承认下来，再进行分析，最后达到了不辩自明的效果。由此可见，只有掌握了科学的思维方法，才能在错综复杂的事物面前立于不败之地。

曾参杀人

昔者曾子处费，费人有与曾子同名族者而杀人，人告曾子母曰：“曾参杀人。”曾子之母曰：“吾子不杀人。”织自若。有顷焉，人又曰：“曾参杀人。”其母尚织自若也。顷之，一人又告之曰：“曾参杀人。”其母惧，投杼逾墙而走。

——刘向《战国策·秦策二》

曾参是孔子的学生，在他的家乡费邑，有一个邻人与他同名同姓，也叫曾参。有一天，邻人曾参在外乡杀了人，村子里的人都对曾参杀人的事议论纷纷。

同村有一个好事之人，听说了这件事后，没有弄清楚究竟是哪个曾参，就跑到曾参家，告诉了他的母亲。曾参的母亲正在织布，那人慌张地跑来后，说：“曾参杀人了！”曾参的母亲很相信自己儿子的为人，听了这话并没有慌乱，而是很自信地说：“我了解我的儿子，他不可能杀人，你一定是听错了。”说完，继续有条不紊地织布。那人说：“我是不会听错的。”曾参的母亲说：“你还是回去吧，别听信那些谣言。”

没隔多长时间，又有一个人跑到曾参的母亲面前，紧张地说：“曾参真的在外面杀了人！”曾参的母亲听完仍然没有理会，她还是坐在那里，安之若素地穿梭引线，照常织布。

又过了不久，第三个人跑来对曾母说：“现在外面议论纷纷，大家都说曾参的确杀了人！”曾母听到这里，心里骤然紧张起来。她顾不得打听儿子的下落，急忙扔掉手中的梭子，关紧院门，从屋后逃走了。

慧言箴语

在传言面前，我们应该理智地思考，准确地判断，不能人云亦云，否则，只会被蒙蔽。

自相矛盾

楚人有鬻盾与矛者，誉之曰："吾盾之坚，物莫能陷也。"又誉其矛曰："吾矛之利，于物无不陷也。"或曰："以子之矛陷子之盾，何如？"其人弗能应也。

——韩非《韩非子·难一》

矛和盾是古时候作战用的两种武器。矛是用来进攻的；而盾则恰恰相反，是用来防守的。

春秋时期，战事频繁，武器奇缺。有很多人利用这个机会制造武器来卖，从中渔利。一天，有个楚国人拿着一个矛和一个盾到集市上卖，吆喝了半天也没人理会。他很着急，一看别的小贩周围都被围得水泄不通。原来，他们都当众大肆夸赞自己的东西。于是，他为了招揽顾客，也学着人家的样子，夸耀起自己的矛和盾来。

他清了清嗓子，首先举起了手中的盾，向着过往的行人吹嘘道："各位请停下脚步，瞧瞧我手上的这块盾。这可是用最好的材料锻造而成的呀，质地坚固，任凭您用多么锋利的矛也戳不穿它！再不来买就没有了！”他说完这番话后，果然有很多人争着看他的盾，一边看还一边品评着。

这个楚人见自己的夸耀奏效了，就赶忙拿起了地上的矛，继续夸口：“诸位，再请看我手上的这根长矛。矛头再锋利不过了，不论如何坚固的盾，也抵挡不了我的矛！”

听了他的话，人群中站出一个人，大声问道：“你刚才说你的盾坚固无比，无论什么矛都不能戳穿；而你现在又说你的矛锋利无比，无论什么盾都不能抵挡。如果我用你的矛来戳你的盾，结果会怎样呢？”楚人听完，涨红着脸，无言以对。众人哄然大笑，纷纷散去了。

慧言箴语

说话、办事要实事求是，如果言过其实，前后自相抵触，只能为人们所耻笑。

杀鸡焉用牛刀

夫子莞尔而笑，曰：“割鸡焉用牛刀！”

——《**论语·阳货**》

孔子的弟子子游在一个叫武城的地方当县令，尽管武城是一座小城，但是子游依然向百姓倡导礼乐之道，要求百姓们经常弹琴唱歌。

一天，孔子带着弟子们外出游历，恰好路过武城。孔

子听到城中到处都有弹琴歌唱的声音，便笑着说：“杀鸡焉用牛刀？”意思是说：“这样一座小城，怎能用得上礼乐之道？这就好像拿着杀牛的刀子去杀鸡一样。”

子游听后问孔子：“您以前跟我们说，统治者学了礼乐之道就会爱民如子；百姓学了礼乐之道就会谦恭顺从，便于管理。难道这个道理放在武城就不对了吗？”

孔子幡然醒悟，转身对弟子们说：“我刚刚是在跟子游开玩笑，子游说得对，你们要记住。”

慧言箴语

《礼记》上说：“致乐以治心，则易直子谅之心油然生矣。”意思是说，仔细品味音乐来加强内心的修养，那么自然就会平易、刚直、宽容、诚实。由此说来，音乐的作用是陶冶心灵、加强修养，不应因地域大小而有适用不适用之分，孔子对子游的批评显然有些失当。但是，“杀鸡焉用牛刀”这个比喻还是很生动的，用杀牛刀来杀鸡，不仅显得滑稽，而且恐怕也不太顺手。由此可见，做事得法，才能进退、张弛有度，这是很重要的一点。

分崩离析

今由与求也，相夫子，远人不服而不能来也，邦分崩离析而不能守也。

——《论语·季氏》

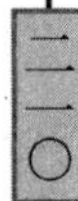

春秋末期，鲁国费邑（今山东费县）的大夫季康子虽然位列公卿，但权势却超过了鲁国的国君鲁哀公。季康子想进一步巩固和扩大自己的势力，就生出吞并邻国颛臾的念头。孔子的两个学生冉有和子路当时正在季康子手下做谋臣，他们都想劝季康子不要做吞并颛臾的打算，可是季康子却听不进去。无奈，冉有和子路只好去向孔子请教，孔子也赞同冉有和子路的意见。这时，冉有提出："颛臾国力逐渐强大起来，如果鲁国不在这时将其吞并，恐怕日后颛臾会对鲁国构成威胁啊！"孔子却说："不是这样的啊！治理一个国家，不能只想着土地和人口多寡的问题，而是应考虑到如何使百姓们安居乐业。只有百姓们的生活安定了，国家才会强盛起来。而国家强盛了，就可以用礼仪来教化远方的百姓，使他们顺服。现在，你们二人辅佐季康子，国内民心不和，国家处于分裂状态，远方的百姓不来归附。自己的国家处于这种分崩离析的状况还想去吞并颛臾。这样看来，鲁国的麻烦并不是来自于颛臾，而是来自于萧墙之内啊！"

慧言箴语

孟子曾说："民为贵，社稷次之，君为轻。"国家的富强，只依靠强大的军队和严厉的刑罚是远远不够的，让百姓安居乐业，政府清正廉洁，才是强国之根本。政通人和，国富民强，自然外敌不侵。

二桃杀三士

古冶子曰："二子死之，冶独生之，不仁；耻人以言，而夸其声，不义；恨乎所行，不死，无勇。虽然，二子同桃而节，冶子专其桃而宜。"亦反其桃，挈领而死。使者复曰："已死矣。"公殓之以服，葬之以士礼焉。

——《**晏子春秋·谏下**》

春秋战国时期，齐景公手下有三个勇士，一个叫田开疆，一个叫公孙接，另一个叫古冶子。这三个人虽然个个勇武异常，但他们却恃功自傲，目中无人，不讲究君臣之礼。齐国上下早就对他们有意见了，齐景公也觉得他们是心腹大患，想除掉他们，可是一直苦于没有好的办法。

有一天，相国晏子对景公说："真正的勇士，对内可以禁止暴乱，对外可以威慑敌人，而现在，您的勇士，对上没有君臣之礼，对下也不讲究长幼之伦，这样的人，会影响您的威望。"景公说："我早想除掉他们，可是他们武艺高强，没有人能对付啊！"

晏子给景公出了一个计策，那就是赏赐给他们两个桃子，让他们比功劳，谁的功劳大谁就吃，这样一来，他们就会因为争功而翻脸，他们翻脸了，想除掉他们也就容易多了。

于是，齐景公把他们三个宣了上来，叫人端来两个桃子，对他们说："你们是齐国有功的勇士，我早就想好好奖赏你们了，听手下人说，园里的桃子熟了，我就派人去摘，可是只有两个熟透的。我想到了一个办法，就是由你们互相比功劳，功劳最大的两个人可以吃到桃子，你们觉得怎么样？”他们三个听了，都摆出一副自己功劳最大的样子，说：“这倒是个好办法。”

公孙接率先拍着胸膛说：“我曾随国君打猎，那日恰巧丛林中蹿出一头猛虎，是我冲上去，用尽平生之力将虎打死，救了国君一命。如此大功，还不应该吃到桃子吗？”说着，就先拿起了一个桃子。

古冶子很不服气，说：“打死区区一只老虎有什么了不起！当年我送国君过河时，一只大鼋兴风作浪，咬住了国君的马腿，把马拖到急流中去了，是我跳进汹涌的河水中，舍命杀死大鼋，才保全了国君的性命。有谁的功劳能比我的更大吗？”

景公说：“这确实是盖世奇功，理应吃桃。”说着，命人把另一个桃子送给了古冶子。

田开疆见桃子没有了，也不甘示弱地说：“当年我带兵讨伐徐国，出生入死，俘虏徐兵五千余人，令徐国国君俯首称臣，树立了齐国在各国中的威望。这样的大功，难道还小吗？”

景公说：“是啊，你也功不可没，可是桃子已被他们二人拿去了，只有委屈你一下，等再有桃子成熟时再赏给你吃。”

田开疆手按剑把，说：“我南征北战，出生入死，反而吃不到桃子，在国君面前受到羞辱，我还有什么面目站在朝廷之上呢？”说罢，挥剑自刎了。

公孙接大惊，也拔出剑来，说：“我功不如田开疆大，却贪图一个桃子，还有什么脸面活在世上？”说罢也自杀

晏子见齐景公

了。古冶子见他二人都自杀了，也惭愧地说：“我们三人结为兄弟，誓同生死，今日却为了两个桃子争吵起来，真是太羞耻了。他们二人已死，我又怎能苟活呢？”说完，也自刎了。

慧言箴语

只要善于运用智慧，抓住对方的弱点，巧妙地利用矛盾，就能战胜那些有勇无谋的人。

玉器和瓦罐

对曰：“夫瓦器，至贱也，不漏，可以盛酒。虽有乎千金之玉卮，至贵而无当，漏不可盛水，则人孰注浆哉？今为人之主而漏其群臣之语，是犹无当之玉卮也。虽有圣智，莫尽其术，为其漏也。”

——韩非《韩非子·外储说右上》

战国时期，韩国的君主韩昭侯平时说话很不注意，总在无意间将一些军事机密泄露出去。因为他的疏忽，很多周密的计划都不能实施。大臣们对此很伤脑筋，又不好直接告诉他。

有一位叫堂谿公的大臣，很有智谋。一天，他来拜见韩昭侯，对韩昭侯说：“假如有一只玉做的酒器，价值千金；可是它没有底，能盛酒吗？”韩昭侯笑着说：“当然不能了。”

堂谿公又说：“另有一只瓦罐子，很不值钱；但它不漏，能用来盛酒吗？”韩昭侯说：“可以啊。”

堂谿公接着说：“一个瓦罐子，虽然值不了几文钱，但因为它不漏，就可以用来装酒；而一个玉做的酒器，尽管它十分贵重，但它却因为空而无底，所以没有一点儿用处。”

见韩昭侯在注意倾听，堂谿公继续说道：“人也是一样，如果一个地位至尊的国君，经常泄露国家机密的话，那么他就像那个没有底的玉器一样。一个人的计划，如果总是被泄露出去，那么即使他再有才干，也施展不出他的才干和谋略。”韩昭侯顿时恍然大悟，连连点头说：“你的话很对。”

从此以后，韩昭侯说话的时候总是很谨慎，再也没有泄漏过重要的计划。

慧言箴语

有智慧的人总是善于从日常生活的小事中引出大的道理，达到劝说他人的目的。这样的方式，既让人比较容易接受，又能避免尴尬。

鞭长莫及

古人有言曰：“虽鞭之长不及马腹。”

——左丘明《左传·宣公十五年》

春秋时期，诸侯国之间经常互派使节，进行政治、经济、军事等方面的沟通，如果出使的国家路途遥远，中间要从其他国家经过，按照当时的外交礼仪就要向这个国家借路，如果不这样做，就会被认为是非常失礼的行为。只有路经本国的属国，才不需要借路而径直过去。

鲁宣公十四年（公元前 595 年），楚庄王派申舟出使齐国。出使的路线要经过宋国，楚庄王仗着自己国力强盛，便对申舟说：“不用通知宋国借路，你只管过去就是！”申舟说：“宋国人十分愚蛮，而且我们跟他们又有仇隙，如果这次经过宋国不向他们借路，宋国人会杀我的。”楚庄王高傲地说：“我们楚国这么强大，区区一个宋国怎么敢这么做！要是他们真杀了你，我就派兵踏平宋国！”申舟知道自己此去肯定凶多吉少，便央求楚王好好对待自己的儿子。

果然，宋国的君臣受辱后被激怒，一气之下就把申舟杀了。楚庄王听到这个消息，气得暴跳如雷，立即发兵攻打宋国，一下子就把宋国的都城围了个水泄不通。但是宋国人觉得自己这次的所作所为是完全正确的，楚国无礼在先，宋国在道义上是占优势的，所以宋国人同仇敌忾，斗志高昂地迎战楚军。双方相持了几个月，楚军没有取胜，宋国也没有投降。但是，宋国毕竟地小国弱，时间久了力量上还是难以抗衡楚军。于是，到了第二年春天，宋国派大夫乐婴齐到晋国去请求救兵。

晋景公接到宋国的求救信后，本想马上发兵，晋大夫伯宗知道后，进谏说：“大王，我们不能贸然出兵。古人说得好：‘马鞭子虽然长，但打不到马肚子’。现在楚国强盛，正受上天保佑，我们晋国虽然强大，也不能违背天

楚人攻宋

意呀！”晋景公仍然犹豫不决。伯宗进一步开导说：“俗话说‘高高低低，都在心里’，江河湖泊能容纳污泥浊水，山林草丛中暗藏有毒虫猛兽，洁白的美玉中隐藏着斑痕瑕疵。我们身为大国，不能意气用事。君王应该有能包容江河的胸怀，能屈能伸的气度。我们还是暂忍一时之气，等待时机吧！”景公听了伯宗的话，便停止发兵，改派大夫解扬去宋国，叫宋国不要投降，就说援兵已经出发，很快就要到了。

宋国人在城中极其艰苦地守了几个月，楚军久攻不下，最后只得同意与宋国和谈，并带走了宋国大夫华元作为人质。

慧言箴语

楚国使者经过宋国而不向其借路，对宋国来说是一种莫大的侮辱，怒斩楚国使者申舟也确实为宋国出了一口恶气，但引来了楚国的千军万马。宋向晋求救，晋国大臣伯宗一席话惊醒了晋景公，避免了一场恶战。两种截然不同的处事方法，也带来了不同的结果。面对强敌时，我们应该学会暂时忍让，避其锋芒，等待时机再进行反击，不要逞一时意气而贸然行事，否则很可能会使自己处于被动地位，甚至对大局造成严重影响。

齐威王的礼物

髡曰：“今者，臣从东方来，见道旁有禳田者，操一

豚蹄，酒一盂，祝曰：‘瓯窭满篝，污邪满车，五谷蕃熟，穰穰满家。’臣见其所持者狭，而所欲者奢，故笑之。”于是齐威王乃益赍黄金千溢、白璧十双、车马百驷。

——司马迁《史记·滑稽列传》

齐威王在位的时候，有一年，楚国出兵大举进犯齐国。齐国的兵力远不是楚国的对手，情急之下，齐威王只得向赵国求救。

求救于赵国也需要讲究一些国家间的礼节，给赵国一些好处，齐王拿出黄金一百两，车马十辆作为礼物。礼物有了，派谁去呢？齐威王想来想去，突然想到了足智多谋、能言善辩的淳于髡，于是召他进宫。

淳于髡来到宫中，看到齐威王准备的这一百两黄金和十辆车马，忽然大笑不止，把头上的帽缨都笑断了。齐威王严肃地问他：“你这样狂笑，是为什么呢？难道是笑我吗？”

淳于髡忍住笑，回答说：“我怎么敢呢！我是因为想起了今天早上看到的一件事，觉得非常好笑。”齐威王好奇地问：“什么事？说来听听。”

淳于髡说：“今天一早，我在路上看到一个农夫正跪在路旁祭田。他面前烧着三根香，摆着一小盅酒，他右手举起一只小猪蹄，左手打着揖，祈求说：‘请您保佑我好运，让我高田里收获的谷物能够堆满粮仓，低田里收获的庄稼能够装满车辆，让我五谷丰登、肥猪满圈、金银满箱，保我长命百岁、儿孙满堂，保佑我的儿孙个个富裕无比。’我见他拿的祭品很少，而祈求的东西却太多，所以笑他。”

齐威王听了，顿时明白了，并且感到十分惭愧。于是，他立即命人备好黄金一千镒，白璧十对，车马一百乘，交给淳于髡，让他带往赵国。

淳于髡带上这些东西，连夜奔赴赵国求援。赵王接到如此丰裕的财物，高兴不已，立即派出精兵十万，战车千辆，增援齐国。楚国得知赵国出兵的消息后，知道难以应付，就连夜撤兵回国，齐国最终避免了一场战争。

最初，齐威王试图以微不足道的礼物，换取赵国的兵马救援，这跟那个吝啬农夫的行为毫无区别。若不是淳于髡的智慧，齐国遭到的损失会远远大于那些礼物的价值。

慧言箴语

只有舍得付出，才会有更多的收获。一个人如果对别人小气，就不要奢望别人会对自己慷慨。另外，在说明某种事情时，采用像淳于髡那样委婉灵活的方法，要远远好于直接生硬的陈述。

新媳妇

卫人迎新妇，妇上车，问：“骖马，谁马也？”御曰：“借之。”新妇谓仆曰：“拊骖，无笞服。”车至门，扶，教送母曰：“灭灶，将失火。”入室见臼，曰：“徙之牖下，妨往来者！”主人笑之。

——刘向《战国策·宋卫策》

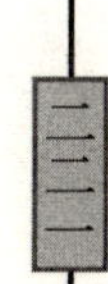

卫国有户人家娶媳妇。婆家想办个隆重的婚礼，就借来两匹马，连同自己家里的那一匹，用三匹马驾着车，热热闹闹地去迎接新娘子。

到了新娘家，迎亲的人将新娘子扶上马车后，一行人就告别了新媳妇的娘家人，赶着马车往回走。不料，新娘刚坐在车上，就偷偷地掀起了自己的盖头，她见有三匹马拉车，就指着马问赶车的仆人："这三匹马是哪来的？"仆人说："外侧的这两匹是跟别人借的，中间这匹是你婆家的。"新娘听完了，对仆人说："你赶车挥鞭的时候，要打就打两边的马，千万别打中间的马。"仆人很不解地看了看这位新媳妇。

迎亲的队伍很快就到了婆家。伴娘赶紧上前，小心地将新娘扶下车。新媳妇之前并没有见过伴娘，可这会儿却对伴娘说："你平时在家做饭时，做完饭一定要记得把灶膛里的火熄灭，不然的话会失火的。"听她说这么不吉利的话，伴娘很不高兴，却也碍着面子点了点头。

新媳妇一进家门，看到一个石臼放在大厅中央，立即说道："快把这个石臼挪到屋外去，放在这里妨碍别人走路。"听到新娘子说的话，旁边的人都在心里暗暗发笑，认为她太多嘴多舌，说话又太不讲时机了。

其实，新媳妇所说的三件事，都是为了婆家好。可是她刚踏进婆家就以主妇自居、说话不讲分寸，引起了旁人的讥笑和反感。

慧言箴语

一个人说话、办事，要讲究策略和方式。如果不顾时机、

不分场合，即使是好话，也得不到应有的重视，甚至还会被别人嘲笑。

郑武公伐胡

昔者郑武公欲伐胡，故先以其女妻胡君以娱其意。因问于群臣："吾欲用兵，谁可伐者？"大夫关其思对曰："胡可伐。"武公怒而戮之，曰："胡，兄弟之国也。子言伐之，何也？”胡君闻之，以郑为亲己，遂不备郑。

——韩非《韩非子·说难》

春秋时期，郑国的西北面有一个很小的国家——胡国。这里土地肥沃，水草丰美，是个天然的好牧场。野心勃勃的郑武公早就对胡国垂涎三尺了。但是胡国虽然小，胡国人却个个高大勇猛，擅长骑马射箭，加上他们对郑国一直高度警惕，在边防的关口都派有重兵把守。因此，郑武公一时也不敢轻举妄动。

不久，老谋深算的郑武公终于想出了一个计策。他派了一位大臣，携带了很多贵重的礼物到胡国去求亲，说愿意把自己的女儿郑姬嫁给胡国国君，以此加强两国家之间的友好关系。

胡国国君见郑武公肯把亲生女儿嫁给他，很高兴，心想：一旦亲事成了，自己就是郑武公的女婿了，那么两国之间只会越修越好，是不可能发生战争的。于是，他欣然答应了这门亲事，甚至认为自己以前对郑国的提防是多余的。

郑武公把郑姬嫁到胡国时，排场十分奢华，仪式非常隆重。胡国国君见此情景，更放松了对郑国的警惕。

郑姬嫁到胡国不久，就讨得了胡国国君的欢心。郑姬则借机掌握了胡国的很多军事情况，并把消息秘密传出，报告给郑武公。郑姬出嫁时，郑武公特意安排了一大群美女陪嫁。这些美女，个个能歌善舞，整天给胡国将领们表演歌舞，陪酒嬉戏。日子一长，这些将领们都沉醉在声色犬马中，放松了军事操练。

郑武公知道了这些情况后，兴奋不已。有一天，他召集群臣，说：“郑国现在实力增强了，但地少人多，必须扩张领土。你们认为哪个国家可以讨伐？”

有个叫关其思的大臣，跟随郑武公多年，早就知道郑武公有吞并胡国的心思，便直截了当地说：“我看应该讨伐胡国。”

郑武公一听，故意装作大怒的样子，将桌子一拍，厉声斥责：“大胆！胡国是我们的兄弟邻邦，又与我国联姻。你竟敢生出讨伐胡国的想法，这是有意挑拨离间！”说完，郑武公命人把关其思拉出去斩了。

这个消息很快就传到了胡国。胡国国君对郑国的诚意和友善深信不疑了，于是干脆就不派兵把守边关了。

胡国国君不思进取，将士们也只知歌舞玩乐，没过多长时间，胡国腐朽堕落到了不堪一击的程度。郑武公见时机成熟了，就突然发兵讨伐。胡国毫无戒备，被一举消灭了。

名家典籍

《说难》是《韩非子》55篇中最重要的作品之一。说，读“shuì”，游说的意思。

慧言箴语

对待敌人要时刻保持高度的警惕，如果贪图小恩小惠，被假仁假义迷惑，就会思想麻痹、丧失斗志，从而给敌人以可乘之机。

郑武公怒斥臣子

创造力

创造性思维是摆脱习惯定式来解决问题的思维方式。张开想象的翅膀，打开思想的牢笼，你会发现，原来我们可以做得更好。

郑人买履

郑人有欲买履者，先自度其足，而置之其坐，至之市而忘操之。已得履，乃曰："吾忘持度。"反归取之。及反，市罢，遂不得履。人曰："何不试之以足？"曰："宁信度，无自信也。"

——韩非《韩非子·外储说左上》

有个郑国人见自己脚上的鞋十分破旧了，就准备买双新的。他在去买鞋之前，用一根线绳量好了脚的尺寸，然后随手把线绳放在了一边，结果出门时忘了拿。

一路上，他紧走慢走，走了十几里路才来到集市。到了集市上，他径直走进了一个鞋铺。掌柜的拿了几双鞋让他挑。他选了半天，选中了一双黑色的鞋。他想看看这鞋是否合适，就把手伸进衣兜里去找线绳，可摸了半天也没摸到，这才想到线绳忘了带来。于是，他放下鞋子，往家跑去。

他急急忙忙地回到家，拿了线绳又急急忙忙返回集市。尽管他一路小跑，可是路途实在太远，等赶到集市时，鞋铺已经关门了。他十分沮丧，站在那里嘟囔着："真倒霉，来回跑了这么远的路，却连双鞋也买不成。"

有个人见他站在那里迟迟没有离去，就问他发生了什么事。他把事情从头到尾说了一遍。那人问他："用你的脚试穿一下不就知道鞋的大小了吗？"他说："那可不成，量好的尺码才可靠，我的脚是不可靠的。"

慧言箴语

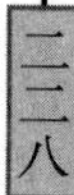

恪守教条、不知变通、不顾客观实际而墨守成规的人，

常常会做出荒唐可笑的事来。

刻舟求剑

楚人有涉江者，其剑自舟中坠于水，遽契其舟曰："是吾剑之所从坠。"舟止，从其所契者入水求之。舟已行矣，而剑不行，求剑若此，不亦惑乎？

——吕不韦《吕氏春秋·察今》

战国时期，有一个楚国人，随身佩带着一把珍贵的宝剑。这是他家的祖传之物，剑刃锋利，削铁如泥。他对这把剑十分钟爱，一刻也不离身。

一次，他要出远门，在江边搭乘了一条船。上船之后，他闲来无事，就拔出宝剑把玩起来。由于风大浪急，船上下颠簸摇摆，他也随着摇晃起来，一不小心，宝剑掉进江里了。

船上的人都大叫："宝剑掉进水里了！"这个楚国人也急出了一身冷汗。他定了定神，并没有立即跳进河里捞剑，而是掏出一把小刀，在船舷上刻画起来。同船的人疑惑不解地问他："你这是在做什么？"他说："我在刻记号，我的剑就是从这里掉下去的。"人们听了，都催促他说："这个时候还刻什么记号啊，快下水捞剑吧！等船越走越远，剑就找不回来了。"楚国人自信地说："不用急，有记号怕什么呢？到时我自会找到宝剑的。"

不久，船靠岸了。这时，楚国人从自己刻记号的地方

刻舟求剑

跳下水去找剑。可是他什么也没捞到。他失望极了，指着自己刻下的记号问周围的人："我的剑明明是从这个位置掉下去的，可我怎么找不到呢？"人们都大笑不止，告诉他："你的剑是在江中心掉下去的，你却到岸上来找，怎么能找得到呢？宝剑已经掉到了水里，是不会跟着船前进的。像你这样寻找宝剑简直太糊涂了。"

慧言箴语

遇到问题要因地制宜，随机应变，不可因循守旧、墨守成规，要以发展的眼光来看待和解决问题。

毛遂自荐

门下有毛遂者，前，自赞于平原君曰："遂闻君将合从于楚，约与食客门下二十人偕，不外索。今少一人，愿君即以遂备员而行矣。"

——司马迁《史记·平原君虞卿列传》

战国时期，平原君手下有很多有才能的门客。有一个叫毛遂的人，在平原君门下已经三年了，却一直默默无闻，没有得到重用。

一次，秦国大举进攻赵国，围困了赵国的都城邯郸，情况十分危急，赵王派平原君出使楚国，向楚国求救。

平原君召集所有的门客，打算从中挑选出二十名能文善武、足智多谋的人一同前往。可是挑来挑去，他只挑出了十九个合乎条件的人，正苦于挑选不出最后一个人时，毛遂主动站了出来，说：“让我去吧！”平原君一看，说话的是名不见经传的毛遂，就婉转地拒绝说：“你到我门下已经三年了，可你却未曾表现出过人之处。一个有才能的人在世上，就好像装在口袋里的锥子，锥子尖迟早会穿破口袋钻出来，让人们发现他的。而你一直未能显示你的本事，我怎么能够相信你有这方面的能力，并允许你同我去楚国执行如此重大的使命呢？”

毛遂听了并没有生气，而是心平气和地说：“您说的并不全对。我之所以没有像锥子从口袋里钻出来，是因为您从来没有把我像锥子一样，放进您的口袋里。如果您早把我这只锥子放进口袋，我相信，我不光锥子尖会钻出口袋，整个锥子都会露出来！”平原君觉得毛遂说得很有道理，而且看他信心满满的样子，就答应让他随同自己前往楚国。

到了楚国后，平原君立即拜见楚王，跟他商讨出兵救赵之事。可是楚王并没有很豪爽地答应，而是顾虑重重、左右为难，一方面怕出兵援助赵国，得罪了实力雄厚的秦国；一方面又怕不出兵，伤了与赵国的和气。任凭平原君把道理说尽，楚王还是犹豫不决。

这种情况，使得跟随平原君一同前往的门客们都无计可施。这时，毛遂又站了出来，他一手提剑，从容自若地走到台上，毫不胆怯地面对楚王，慷慨陈词。他从赵楚两国的关系，谈到这次救援赵国的意义，分析了其中的利害关系，对楚王晓之以理、动之以情。他的陈词有条不紊，其凛然正气令楚王惊叹佩服。毛遂的劝说，终于打动了楚王，楚王当即便与平原君缔结盟约，并派出大军支援赵国。结果，赵国很快就解围了。

事后，平原君深感愧疚地说：“毛遂原本就是个很有才能的人啊！他的三寸不烂之舌，真抵得过百万大军呀！只怪我先前眼拙，没发现他。若不是他勇于自荐，我就要埋没一个人才了！如果那样的话，我将犯下多么大的过错啊！”

慧言箴语

一个人如果有才干，不要总是坐等别人来发现，不妨自我创造机会，展示自己，发挥个人才能，做出自己应有的贡献。

楚人涉澭

荆人欲袭宋，使人先表澭水。澭水暴益，荆人弗知，循表而夜涉。溺死者千余人，军惊而坏都舍。向其先表之时可导也，今水已变而益多矣，荆人尚犹循表而导之，此其所以败也。

——吕不韦《吕氏春秋·察今》

战国时期，楚国打算偷袭宋国，扩大领土。楚国决定在夜里行军，计划进军的线路是渡过澭河抄近路，以免打草惊蛇。

澭河是一条很深很宽的河，楚军考虑到夜里渡河比较危险，就先到澭河边测量好了水的深浅，并在水浅的地方设置了标记，以使军队沿着标记顺利渡河。不料，在行军之前，澭河水突然大涨，而楚国人并不知道这个情况。楚军在渡澭河的时候，仍按照原来作的标记走。由于夜间看不清路，加上河水暴涨，楚军被湍急的澭河水搅得人仰马

翻。结果，大批士兵、马匹掉进深水和漩涡中，还没到达宋国，楚军就已淹死大半。损失这么惨重，楚国不得不放弃了进攻的计划。

楚国人在澭水里作下标记的时候，可以依照标记的引导涉水；但现在水位发生了变化，涨了很多，而楚国人却还按照原来的线路渡河，这就是他们失败的原因。

慧言箴语

情况是不断变化的，人的认识也要相应地发展变化。如果以静止不变的老眼光看待事情，不去适应新的情况，采取新的措施，结果必定失败。

防龟手的药

宋人有善为不龟手之药者，世世以洴澼絖为事。客闻之，请买其方百金。聚族而谋曰："我世世为洴澼絖，不过数金。今一朝而鬻技百金，请与之。"客得之，以说吴王。越有难，吴王使之将。冬，与越人水战，大败越人，裂地而封之。

——庄子《庄子·逍遥游》

宋国有一户人家，善于炼制一种能够防止皮肤冻裂的药膏。这家人世世代代以为人洗涤衣服为业，用上这个药膏，即便冬天在冰凉的河水里洗衣服，手也不会皲裂。于是他们也把药膏卖给其他的以洗衣为生的人，从中赚些微

薄的收入，贴补家用。

有一天，一个吴人来到这里，听说宋人家有防龟手药的秘方，就找上门去，愿出500两黄金购买那副药方。贫穷的宋人从未见过这么多钱，一时没了主意，就把全家聚到一起商量起来。父亲说：“我在河边卖了几十年的药膏，也只挣了几个钱，如今只要把药方卖了，就能得到500两黄金，这可是一件好事啊！”大家经过议论，一致同意把药方卖出去。

吴人得到秘方以后，立即返回吴国，献给了吴王。不久，越国侵犯吴国。大军压境，吴王委任这个献药人统率大军。此时正值严冬，吴越两军又是在水上交战。吴军将士因涂抹了不龟手的药膏，手脚没有一处冻裂，得以从容作战，很快就击败了越军。大军凯旋后，吴王大喜过望，当即割出一块土地封赏了献药人。

同样是拥有不龟手之药，有人凭借它得到了君王的封地，而有的人却还是避免不了为人涤洗衣服的辛苦，这是因为他们使用药方的方法不一样啊！

名家典籍

《逍遥游》是《庄子·内篇》的首篇，是庄子的代表作。“逍遥游”是庄子思想的最高境界，也是其学说的核心内容。

慧言箴语

同样一个东西，由于使用者的眼光和见识不一样，所发挥的作用也大不相同。因此，要善于创新思维，做到“人尽其才，物尽其用”。

千金买首

涓人言于君曰："请求之。"君遣之三月，得千里马。马已死，买其首五百金，反以报君。君大怒曰："所求者生马，安事死马而捐五百金？"涓人对曰："死马且买之五百金，况生马乎？天下必以王为能市马，马今至矣。"

——刘向《战国策·燕策一》

从前有个国君，非常喜欢好马，想出千金的高价购买一匹千里马。于是，他派人出去寻找，可是三年过去了，千里马还是没有买到。国君很失望。

有一位大臣对国君说："请让我去为您买千里马吧！"国君答应了。三个月后，大臣就找到了一匹千里马，可是，马已经死了。于是，大臣花了五百金，买下了千里马的头。回来后，大臣向国君禀报说："千里马已经买到了。"国君一听高兴极了，忙让他牵出来看看。这时，大臣把死马的头拿了出来，国君一见，勃然而怒，吼道："你竟敢戏弄我！我是叫你去买活马，你却买个死马的头回来。来人啊，把他拉出去斩了！"

卫士们立即过来押起这个大臣往外拖去，大臣说："您何不听我解释完再治我的罪呢？"国君让卫士先停下来，说："我倒要看看他能讲出什么道理。"大臣不慌不忙地说："这匹千里马死了，您还肯花这么多钱买，更何况是活马呢？天下人必定通过这件事了解到您多么爱好千里马，并真心实意想买千里马，这样一来，有千里马的人一定会纷纷送上门来的。"国君一听果然很有道理，结果不但没有治他的罪，还因他如此聪明而赏赐了他。

国君买死千里马的消息，很快就传了出去。没过多长时间，果然有很多人给国君送来千里马。

慧言箴语

处理一件事情时，不要拘泥于固定的思维模式，开动脑筋、勇于探索、大胆创新，往往能收到更好的效果。

引婴投江

有过江上者，见人方引婴儿而欲投之江中，婴儿啼。人问其故。曰："此其父善游。"其父虽善游，其子岂遽善游哉？以此任物，亦必悖矣。

——吕不韦《吕氏春秋·察今》

有个过江人，在经过江边的时候，听到了一阵婴儿的啼哭声。他四下一看，看到一个男人正要把一个婴儿扔到江里。

过江人对男人的举动十分不解，就走过去问道："你为什么要把婴儿丢进江中？是想淹死他吗？"

男人回答说："怎么会呢？他的父亲很会游水。"

过江人听了，反问道："他的父亲会游水，他就一定会游吗？"

慧言箴语

人与人不同，事跟事也是有差别的，如果头脑僵化、思维教条、生搬硬套，就会做很多蠢事。

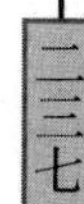

抱瓮老人

子贡南游于楚，反于晋，过汉阴，见一丈人方将为圃畦，凿隧而入井，抱瓮而出灌，搰搰然用力甚多而见功寡。子贡曰："有械于此，一日浸百畦，用力甚寡而见功多，夫子不欲乎？"为圃者卬而视之曰："奈何？"

——庄子《庄子·天地》

春秋时期的孔子，门下有很多学生。其中有一个叫子贡的，他聪明好学、头脑灵活、反应灵敏，是孔子最为得意的门徒。一次，孔子和子贡到南边的楚国游历，在返回的途中，要经过汉水南岸。时值阳春三月，草长莺飞，农民们已经开始春耕了。

走着走着，子贡看到一位老人正在菜园里给蔬菜浇水。菜园子和井之间有一条渠道，老人抱着一个大水罐，从井里汲上水后，把水倒在渠道里。水沿着渠道流到菜园子里。老人不停地用大罐汲水，累得大汗淋漓，上气不接下气。这个办法不仅耗费了很大的力气，收效也很低，半天的时间过去了，才浇了几垄地。

子贡看到老人费力的样子，出于好心，走过去对他说："老人家，现在有一种机械，用它来浇地，一天可以浇一百亩呢。那个机械不需要费很大的力气，收效却很高，您使用它不就不用受累了吗？"老人抬起头看了看子贡，问："你说的是什么东西？"子贡耐心地对老人说："是一种叫槔的机械。制作原理是将木头砍凿加工，让它的后面重，前面轻。用它来提水，就像把水从井里抽出来一样容易，水流得也很快，不一会儿的工夫，就能浇灌一大片地，您也不会这么辛苦劳累了。”

老人听了子贡的话，突然变了脸色，额上青筋暴出，生气地说：“我听我的师傅说过，世上如果有投机取巧的工具，就一定会有投机取巧的事情；有投机取巧的事情，就一定会有投机取巧的心。一个人一旦有了投机取巧的心，就会丧失做人的最纯洁的美德；丧失了纯洁的美德，人就会性情反常；而一个人要是性情反常的话，就会和自然相违背，成为一个与天地和自然都极不相容的人。”

他一口气说了这么多的话，不禁大喘起来，稍停了片刻又接着说：“你说的那种机械我不是不知道，可是我觉得使用它的人，就是在干投机取巧的事；而做投机取巧的事是很可耻的，所以我才不使用呢。你让我使用这种投机取巧的工具，和让我做一个投机取巧的人有什么两样呢？我是坚决不会做那么可耻的事情的。”子贡听了这个老人的一番话，像自己做错了什么事情一样，竟一时说不出话来。

名家典籍

庄子的思想给了后代很大的影响。后世道教继承了道家学说，经魏晋南北朝的演变，庄子学说成为道家思想的核心内容。

慧言箴语

运用智慧创造出的新办法，往往是进步的、省时省力的，与老人所说的投机取巧根本是两回事。由此可见，如果在新事物面前抱残守缺，做起事来不但费力不讨好，还会被人笑话。

孔子游历楚国

马价十倍

人有卖骏马者，比三旦立市，人莫之知。往见伯乐，曰：“臣有骏马欲卖之，比三旦立于市，人莫与言。愿子还而视之，去而顾之，臣请献一朝之费。”伯乐乃还而视之，去而顾之，一旦而马价十倍。

——刘向《战国策·燕策二》

古时候，有个人牵着一匹骏马到马市上卖。他连续三天都早早地来到马市上，可是他的马却无人问津。

这个卖马人很纳闷，为什么自己的马明明是千里挑一的好马，却没有人赏识呢？他晚上躺在床上，翻来覆去地睡不着，苦想着怎么能把马卖出去。突然，他一下子坐了起来，高兴得直拍手，原来是他想到了一个好办法：天下能识别好马的人，非伯乐莫属，既然伯乐就住在附近，何不把他请来呢？只要他在马前站上一会儿，一定有很多人来看马，这样，自己的骏马不就能很快卖掉了吗？而且这么一来，说不定还能卖上很高的价钱呢！想到此，他盼着天快亮。

第二天一大早，他就牵着马来到了相马大师伯乐的家里，恭敬地对伯乐说：“我有一匹骏马要卖，可在集市上站了三天，也没有一个人过问。我来是想请求您帮个忙，您只要去趟马市，走到我那看看马，看完之后，你临走的时候，再回过头来看它一眼就行。事后我一定酬谢您。”伯乐一见他的马确实是匹好马，就爽快地答应了他的请求。

卖马人告别伯乐就牵着马来到了马市，几个钟头过去了还是没人来看他的马。这时，伯乐如约而来了。伯乐走到马的身边站了一会儿，看了看，就离开了，可还没走出几步，就回过头来又看了那马两眼。

结果，果然如卖马人所预料的一样，伯乐刚走就有很多买马人围上来问这马的价钱，都声称连伯乐都看了它好几眼，可见这一定是匹难得的好马。于是，人们抢着要买他的马，马的价钱立刻暴涨，竟然比卖马人事先预计的还高了十倍。

慧言箴语

聪明的卖马人利用伯乐来提高马的知名度，最终成功地把马卖了出去。这说明，做事情的时候，只要开动脑筋，创造新办法，往往能收到意想不到的效果。

新裤与旧裤

郑县人卜子使其妻为裤，其妻问曰：“今裤何如？”夫曰：“像吾故裤。”妻子因毁新令如故裤。

——韩非《韩非子·外储说左上》

从前，郑县有一个叫卜子的人。他有一个愚不可及的妻子。卜子平时穿着很不讲究，总穿一条满是破洞的裤子。一天，有人对卜子说：“你为什么不做条新裤子呢？这条裤子太难看了！”他听了觉得很难为情，回家后就对妻子说：“给我做条新裤子吧，身上这条实在太破了。”妻子说：

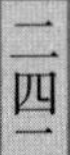

“你想要一条什么样子的新裤呢？”卜子说：“就做跟这条旧裤一样的吧。”

妻子将他那条又破又脏的旧裤看了很久，然后去集市买来了和旧裤的面料、花纹都完全一样的布，并严格按照旧裤的尺寸裁剪。就这样，她依样画葫芦，好不容易做好了一条新裤子。她想丈夫看到了一定会很高兴的。可她仔细一看，新裤和旧裤还是不一样——旧裤不仅脏，还到处都是破洞。于是，她就把新裤放在地上使劲地揉、搓、踩，累得满头大汗，又拿来剪刀，按照旧裤上破洞的大小，在新裤上也剪了几个洞。终于，新裤跟旧裤完全一样了。

当妻子得意地将做好的“新裤”拿给丈夫看时，丈夫目瞪口呆，半天说不出话来。最后，丈夫气愤地吼道：“如果还是一条破裤子，那么我不如穿原来的，何必要你做新的呢！”

名家典籍

韩非反对儒家的“仁爱”学说，提倡君权神授，主张法治，提出了重赏、重罚、重农、重战四个政策。

慧言箴语

这个愚蠢的妻子，对旧裤全盘照搬，结果弄巧成拙。寓言告诫我们，做事情的时候一定要灵活变通。

鲁侯养鸟

昔者，海鸟止于鲁郊。鲁侯御而觞之于庙，奏《九韶》以为乐，具太牢以为膳。鸟乃眩视忧悲，不敢食一脔，不敢饮一杯，三日而死。此以己养养鸟也，非以鸟养养鸟也。

——庄子《庄子·至乐》

从前，有一只从海上飞来的海鸟，停落在了鲁国国都的城郊，一连停留了三天也没有飞走。人们都在对此窃窃私语，有人说它是不祥的征兆，有人猜测它是神灵派来的。

鲁国国君听说了这件事后，忙派人把海鸟迎接进城，并在宗庙里举行了隆重的迎接仪式。在仪式上，国君不仅派乐工为它演奏曲调高尚典雅的九韶乐章，还让厨师用牛、羊、猪三牲为它制作了精美的菜肴，甚至还亲自给海鸟敬酒夹菜。他对待海鸟的礼节像对待贵宾一样，周到、完备、细致。可是，海鸟见到这样喧哗的场面和精美的食物后，竟然双眼昏眩，心里忧愁和悲伤起来，不敢吃一块肉，也不敢喝一杯汤，只过了三天就死掉了。

这分明是用供养国君的方法来养鸟，而不是用养鸟的方法来养鸟啊！

慧言箴语

不管做什么，都要努力掌握对象的特征和规律，有针对性地采取措施，如果仅凭自己的想法，乱来一气，结果只能是失败。

成功

成功就是放大自身的优势，达到预期的目标，赢得智者的尊敬，得到别人的欣赏，改善我们的社会环境，收获一种幸福感和满足感。

驼鹿落网

今山泽之兽，无黠于麋。麋知猎者张网，前而驱己也，因还走而冒人，至数。猎者知其诈，伪举网而进之，麋因得矣。

——刘向《战国策·楚策三》

在山林草原的野兽中，最狡猾的就是驼鹿了。每当猎人张开网，把它往网里面驱赶时，它就掉转身子，直向猎人撞去。就这样，它一次又一次地逃脱了猎人的追捕。猎人知道了它的狡诈，就在它的前方和后方都布下了网。这一次，猎人驱赶驼鹿时，驼鹿仍旧照老样子向猎人冲过来。结果，它投进了网里，被猎人捉住了。

慧言箴语

一个人的行为，如果不能随着情况的变化而变化，那么制胜的方法就可能成为失败的原因。

飞必冲天，鸣必惊人

齐威王之时喜隐，好为淫乐长夜之饮，沉湎不治，委政卿大夫。……淳于髡说之以隐曰："国中有大鸟，止王之庭，三年不飞又不鸣，不知此鸟何也？"王曰："此鸟不飞则已，一飞冲天；不鸣则已，一鸣惊人。"

——司马迁《史记·滑稽列传》

齐威王在楚国的发展史上曾建立过显赫的功业。可他继位最初三年，终日不理朝政，只管吃喝玩乐，大臣的意见他一律不听，还特地下令：有敢进谏的，处以死刑。自此，朝廷上下没有一个人敢进谏，一时朝政废弛。

一天，有个叫淳于髡的人，前来拜见齐威王。齐威王猜出了淳于髡的目的，就说："我是不听任何意见的，你难道不怕死吗？"淳于髡说："我不是给你提意见的，我只是想来跟大王一起观赏风景，顺便猜猜谜语，逗逗趣。"齐威王说："这样就好，免得我们君臣伤了和气，你不妨说个谜让我猜。"淳于髡说："有一只大鸟，停留在大王的庭院中，整三年了，它不动、不飞、也不叫。您说，这是只什么鸟呢？"

齐威王稍作思考，便自信地说："这只大鸟停在王宫庭院中，整整三年没有动，是因为它在磨炼自己的思想和意志；它三年不飞，是在积蓄力量使自己羽翼更丰满；它三年不叫，是在静观势态、等待时机。这只鸟虽然三年来一次也没有飞过，可是它一旦展翅腾飞，必将直冲九霄；尽管它三年来一直不叫，可是一旦鸣叫起来，必定声震四方、惊世骇俗。"淳于髡听了，点了点头说："若真如君主所说，那可真是苍生的福分啊！"齐威王笑着说："你的用意，我已经猜中了。"淳于髡这才放心地回去了。

第二天，齐威王开始上朝理政。他根据三年来对群臣的观察和了解，提拔了几位忠诚能干之臣，罢免了十个奸猾之臣。他以他三年的蓄势待发，积累了充足的力量，后来励精图治，成了春秋霸主，使楚国成了威震一方的强国。

慧言箴语

有大智慧的人并不急着表现自己，他们往往先蓄足了底蕴，成竹在胸，一旦时机成熟，便会一鸣惊人。

量体裁衣

子观越王之志何若？意越王将听吾言，用我道，则翟将往，量腹而食，度身而衣，自比于群臣，奚能以封为哉？

——墨子《墨子·鲁问》

明朝嘉靖年间有位很有名气的裁缝，他裁制的衣服，长短肥瘦，无不合体。

一次，御史大夫请他去裁制一件朝服。裁缝量好了他的身腰尺寸后，问："老爷，您当官多少年了？"御史大夫很奇怪，反问道："你量体裁衣就够了，还问这些干什么？"裁缝说："年轻人初任高职，意高气盛，走路时挺胸凸肚，裁衣要后短前长；做官有了一定资历后，意气微平，衣服应前后长短一样；当官年久而即将退隐，内心烦闷，走路时低头弯腰，做衣就应该前短后长。所以，我只有知道了您做官的年限，才能裁出称心合体的衣服。"御史听了大为叹服。

慧言箴语

世上的事物千差万别，处理事情的方法也不可能千篇一律。只有对具体情况进行具体分析，把握事物矛盾的特殊性，才能找到解决矛盾的正确方法。

鹏程万里

鹏之徙于南冥也，水击三千里，抟扶摇而上者九万里，去以六月息者也。

——庄子《庄子·逍遥游》

很久很久以前，在遥远的北方，有一片大海，名字叫北海。北海里有一条很大的叫“鲲”的鱼，他身体非常庞大，宽和长都有好几千里。后来，这条鱼变成了一只大鸟，名字叫“鹏”。鹏的脊背就像巍峨的泰山一样高大，它飞行时，舒展的翅膀就像乌云将天空遮蔽。大鹏借着大风不断地盘旋向上，能一直飞到九万里的高空。它的翅膀拍打在水面上，就能激起三千米的大浪。

庄周还说，沼泽中有一只小雀儿，很奇怪大鹏为何要展翅高飞。他评价说这只小雀只知道在蓬蒿丛中飞来飞去的自由，它又怎么可能会理解大鹏的志向呢？

最后，庄周还说，大鹏之所以有力量飞到九万里的高空，是因为它的翅膀下面有大风在支撑。大风可以让它在毫无阻拦的广阔天空中，最终顺利飞到南海。

慧言箴语

大鹏能够“鹏程万里”，是因为借助风的力量；人在事业上的成功，也离不开他人的支持与帮助。因此在自己鹏程万里之时，一定不要忘记对“风”表示感谢，这样“风”会刮得更加猛烈，助你越飞越高，越飞越快。

庖丁解牛

庖丁为文惠君解牛，手之所触，肩之所倚，足之所履，膝之所踦，砉然响然，奏刀騞然，莫不中音。合于《桑林》之舞，乃中《经首》之会。

——庄子《庄子·养生主》

战国时，有个厨师被叫去给梁惠王宰牛。他宰牛时，手接触的地方，肩靠着的地方，脚踩着的地方，膝盖顶着的地方，都发出骨肉分离的声音，那些声音富有节奏，好像是旋律优美的音乐一样。

梁惠王不禁称赞说："太奇妙了！你为什么能练成这样的手艺呢？"

这个厨师放下刀，回答说："因为我不单是学习宰牛，而且还去摸索事物的规律呀！刚开始学宰牛时，我对牛身的结构还不了解，看见的是整头的牛。三年后，我熟悉了牛身的结构，就再也看不见整头的牛了。而现在，我不用眼睛去看，就能知道应该怎么用刀。牛的肌体组织是有规律的，骨肉之间存在着空隙，刀口与这些空隙比起来，薄得好像一点厚度也没有。用没有厚度的刀在有空隙的骨肉间运行，当然绰绰有余了！在解剖牛时，我只要顺着空隙用刀，牛体就会迎刃而解，牛肉就会像泥土一样从骨架上滑落下来。"

梁惠王听了，高兴地说："好极了，听了你的这一席话，我从中悟到了修身养性的道理。"

慧言箴语

做任何一种工作，都应该先摸清楚其中的规律。只有掌握了规律，才能把工作做好。庖丁因为熟悉了牛的生理结构，摸清了“解牛”的规律，所以杀起牛来才得心应手。

施氏与孟氏

鲁施氏有二子，其一好学，其一好兵。好学者以术干齐侯，齐侯纳之为诸公子之傅；好兵者之楚，以法干楚王，王悦之以为军正。禄富其家，爵荣其亲。施氏之邻人孟氏，同有二子，所业亦同，而窘于贫，羡施氏之有因从请进趋之方。

——列子《列子·说符》

从前，鲁国的施氏有两个儿子，一个爱好读书，一个爱好习武。爱好读书的儿子，以仁义的治国之道劝说齐王，得到了齐王的赏识，被授予公子的老师之职；爱好习武的儿子到了楚国，用作战之法游说楚王，得到了楚王的器重，被任命为执法将军。这两个儿子的俸禄，使施家富足。

施氏的邻居孟氏也有两个儿子，也是一个喜好文学，一个喜好兵法，但家境却很贫穷。孟氏非常羡慕施家的两个儿子都能出人头地，就向施氏的儿子请教做官之法。施氏的两个儿子把各自的经历告诉了孟氏。

孟氏回去后，也让他的一个儿子去秦国，用仁义之理说服秦王。可是秦王听后却大怒，吼道：“现在诸侯纷争不已，我只有富国强兵才能生存；而你却要我讲究仁义，这不是自取灭亡吗？”于是，秦王一气之下对他处以宫刑。与此同时，孟氏的另一个儿子去了卫国，以用兵之道劝说卫侯。卫侯听后气愤地说：“卫国是一个弱小的国家，只有对强国顺从，对小国安抚，才是求生之道。要是动用兵法权谋，我国会很快灭亡。假如你去别的国家游说，我国会因此而有遭受攻打的危险。”说完，卫侯便命人砍断了他的双脚。

孟氏的两个儿子回家后，全家人捶胸顿足，都埋怨施家的两个儿子乱出主意。施氏见此，说：“俗话说，得到时机就会昌盛，失掉时机就会灭亡。你家儿子的本领和我家儿子的本领相同，然而他们的命运却不同，这是因为时机不同啊！天下的事理，不是一成不变的，没有永远正确的，也没有永远错误的。对以前有用的，对今天也许没用；现在用不上的，将来却有可能有用。这就要适应形势，见机行事。即使你有孔子的学识、吕尚的谋略，但是遇不到合适的机遇，也不能施展啊！”

慧言箴语

事情是发展变化的，处理问题必须审时度势、与时俱进，否则必然会失败。

南辕北辙

今者臣来，见人于太行，方北面而持其驾，告臣曰：“我

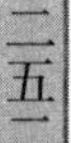

欲之楚。”臣曰：“君之楚，将奚为北面？”曰：“吾马良。”臣曰：“马虽良，此非楚之路也。”曰：“吾用多。”臣曰：“用虽多，此非楚之路也。”曰：“吾御者善。”

——刘向《战国策·魏策四》

有个魏国人想到楚国去，他带了很多盘缠，用千里挑一的骏马驾车，还请了个驾车技术非常精湛的车夫。楚国在魏国的南面，他应该往南边走，可是他却叫车夫往北边赶车。

路上，他遇见了一个朋友，朋友问：“你要去哪儿啊？”他兴奋地说：“我要去楚国！”朋友忙告诉他：“你走反了，应该往南走。”他满不在乎地说：“没关系，我的马是上等的好马，我带了很多钱，我的车夫本领高着呢！”朋友说：“连方向都不对，马再好、钱再多、车夫本领再高，有什么用呢？”可他却坚持自己的做法，驾着车一路北上。

这个魏国人没有想到，他的大方向错了，只能越走越远。

慧言箴语

无论做什么事，首先要看准方向，才能充分发挥自己的有利条件；如果方向错了，有利条件只会起到相反的作用。

居安思危

居安思危，思则有备，有备无患，敢以此规。

——左丘明《左传·襄公十一年》

晋悼公四年（公元前569年），大会诸侯。悼公借此夸耀地位和实力，而他的弟弟杨干却扰乱随从仪卫军队的行列。魏绛为维护晋国颜面，冒死杀掉了为杨干驾车的仆人。此举震动当时，魏绛声名远扬。但晋悼公非常恼怒，认为魏绛侮辱杨干，就是侮辱自己，破坏自己的声望，所以一定要杀魏绛。

魏绛执法时已考虑到后果的严重性，但为了整肃军纪，他将自身利害置之度外。执法完毕，他上书陈述行刑的理由：如今出了杨干这样的事，说明军纪松弛，自己身为司马，应负责任。但在诸侯会盟这样的重要场合，如不执行军法，后果将不堪设想。对杨干的仆人行刑，确实是迫不得已。自己一向未能尽职尽责，愿以一死谢过。呈书以后，魏绛就要自杀，被人拦了下来。晋悼公阅书后大受感动，而且觉得他十分贤德，擢升其为新军将佐，予以重任。

晋悼公四年（公元前569年），魏绛向悼公提出一项重大主张，即和戎。与晋国相邻的北方少数民族时常与晋国发生战争。以前晋国从没有过和戎的想法，只是一味讨伐，所以国君很难理解和戎的意义。当时悼公说戎狄无亲而贪，不如讨伐他算了。魏绛知道后，恳切地向他陈述了和戎的好处。经过魏绛详细地解释，终于说服了晋悼公，同意讲和。魏绛从国家大局出发，冲破传统观念的束缚，积极主张和戎，开创了我国历史上汉族争取团结少数民族的先例。

有一次，宋、齐、晋、卫等十二国联合围攻郑国。弱小的郑国知道自己兵力不足，于是连忙向晋国求和，因为晋国是其中最强大的国家。晋国表示同意讲和，其余十一国因为不想得罪晋国，纷纷决定退兵，也就停止了进攻。郑国为了表示谢意，赠送给晋国许多财物作为谢礼。晋悼公十分高兴，于是将送来的礼物分出一半赠给他的功臣魏绛。但魏绛婉言拒绝了，并且劝谏晋悼公说："现在您能团结和统率许多国家，这是您的功德，也是大臣齐心合力的结果，我并没有什么功劳，怎能无功受禄呢？晋国虽然现在很强大，但是我们绝对不能因此而大意，因为人在安全的时候，一定要想到未来可能会发生的危险，这样才能事先做好准备，以避免失败和灾祸的发生。"

晋悼公听完魏绛的话之后，知道他时时刻刻都牵挂着国家与百姓的安危，从此对他更加敬重。

慧言箴语

"居安思危，思则有备，有备无患"，危机往往就蕴藏在太平盛世、安定祥和之中。而危机和危难的爆发，肯定有其最初的细微诱因和苗头。我们要时刻不忘居安思危，将这些诱因和苗头消灭在萌芽之中。

望洋兴叹

于是焉，河伯始旋其面目，望洋向若而叹。

——庄子《庄子·秋水》

魏绛劝悼公

秋天雨水很多的时候，千百条河川都汇入黄河。水面壮阔，隔着河水，都没有办法看清对岸的牛马。黄河之神河伯对此非常得意，他以为天下的水都流向这里了，于是他顺着水流向东走，到了黄河的入海口北海。他向东遥望，只能看见滚滚的水流，海天相接，没有边际。河伯看着这壮观的情景，再也得意不起来了，他对着北海感慨道："如果我没有到过你的门下，怎么会知道自己的想法是这么浅薄，我将永远带着这种无知，被有见识的人讥笑了。"北海的海神安慰河伯说："你能认识到这些就非常好了，我们当然不能和井底之蛙来谈论大海，因为它所在的环境是没有办法让它了解什么是大海的；我们同样不能和在夏天生存的虫子谈冰，因为它受时间的限制，没有办法了解什么是冬天；我们也不能和见识肤浅的人探讨深奥的道理，因为他受教育程度的制约，你没有办法让他了解事物深刻的含义。"听到这些话后，河伯若有所思地点了点头，觉得受益匪浅。

慧言箴语

世界之大，有时令人无法想象，当一个没见过海的人目睹烟波浩渺、巨浪滔天的景象时，望洋兴叹是正常的反应，因为他受生长环境的限制，无法想象大海的浩瀚。一个人也许终其一生没见过海，但是仍然可以修炼如海一般广阔的胸怀，如此一来，面对波涛就不会心生畏惧，历经宠辱就不会大喜大悲。连大海都可以被你容于胸中，世间还有什么事能令你耿耿于怀呢?

病入膏肓

疾不可为也，在肓之上，膏之下，攻之不可，达之不及，药不至焉，不可为也。

——左丘明《左传·成公十年》

战国时，晋景公得了一种很严重的病，医生们都束手无策。景公非常生气，说他们医术太差，盛怒之下，杀了很多的医生。后来，晋景公还派人到秦国，向秦桓公寻求良医。秦桓公就派名医秦缓去为晋景公治病。

秦缓到晋国的前一夜，晋景公做了一个梦，梦见自己得的病变成了两个小孩，其中一个说："听说秦国的医生就要来了，他的医术高明，我怕他会伤到我们，我们逃到哪里藏身是好啊？"另一个说："不用怕，你我分别躲到病人肓的上面和膏的下面，这样的话，就算那个秦国人的医术高明也拿我们没有办法了。"

第二天，秦缓来到了晋国，他详细地检查了景公的身体之后，对景公说："您病得实在是太重了，病症已经深入到了您的膏肓之中。膏肓之地是针灸不着、药力不到的地方，所以我也无能为力了。"秦缓的话跟景公的梦境完全吻合，于是景公对秦缓说："你的医术实在是太高明了，你说的情况与我昨夜所梦完全吻合。你不用觉得惭愧，虽然你不能治我的病，但是你让我知道了真相，我还是很感激你。"然后景公就赏给秦缓很多的财物，把他送回了秦国。不久之后，景公就因病情加重离开了人世。

慧言箴语

任何事情的发生、发展都有一个逐步积累的过程，疾病也一样。所以，我们在平常的生活中要重视量的积累，促进好的因素的发展，遏制不利因素的积累。

稷之马将败

东野稷以御见庄公，进退中绳，左右旋中规。庄公以为文弗过也，使之钩百而反。颜阖遇之，入见曰："稷之马将败。"公密而不应。少焉，果败而反。公曰："子何以知之？"曰："其马力竭矣，而犹求焉，故曰败。"

——庄子《庄子·达生》

东野稷是春秋时期有名的驾车能手，技术极其精湛。有一天，他驾车去见鲁庄公。他驾的车，无论前进还是后退，车轮的痕迹都如同木匠画的墨线一样笔直；马车向左右两边旋转时，车轮的痕迹如同用圆规画出的圆。

鲁庄公认为，东野稷的驾车技术简直无人能比。于是，他叫东野稷驾着马车沿一条车辙，朝着相反的方向，来回绕100圈再回到原地。

鲁国有一个叫颜阖的贤士，看到这种情况后，走上前去对鲁庄公说："东野稷的马快支持不住了。"鲁庄公假装没听见，默不作声。

不一会儿，东野稷果然因马仆倒而翻了车。

鲁庄公问颜阖："你怎么知道东野稷的马就要仆倒

了？”

颜阖回答说：“这匹马的力气已经耗尽了，再要求它跑那么多圈，肯定受不了啊。”

慧言箴语

东野稷的车技非常娴熟，然而他的马却仆倒了，这是因为鲁庄公的要求超过了马的承受力。这说明凡事都有一个度，如果不能很好地把握，超过了极限，就一定会失败。

九方皋相马

伯乐喟然太息曰：“一至于此乎！是乃其所以千万臣而无数者也。若皋之所观，天机也。得其精而忘其粗，在其内而忘其外。见其所见，不见其所不见；视其所视，而遗其所不视。若皋之相马，乃有贵乎马者也。”

——列子《列子·说符》

伯乐是善于识别马的大师，但是他已年至暮年。一天，秦穆公对他说：“你年纪大了，你的子孙中有能够寻找千里马的人吗？”伯乐说：“一匹好马，可以从它的体形、外貌和骨架上鉴别出来。而特殊的千里马，并没有固定的标准，不能用言语表达。这样的马，神气都是若有若无的，不好把握；奔驰起来，脚步轻盈，蹄不沾灰尘，一闪而过，连身影都捕捉不到。我的儿孙都才能低下，能够说出好马的样子，却识别不出什么是特殊的千里马。我有个挑担子

颜阖语稷之马将败

拾柴草的朋友叫九方皋。他相马的能力不在我之下。请让我把他推荐给您，好让他替您寻找特殊的千里马吧。”

于是，穆公召见了九方皋，派他出去寻找千里马。三个月后，九方皋回来说：“在沙丘那个地方找到了一匹罕见的千里马。”穆公高兴极了，连忙问：“是什么样的马？”九方皋说：“是一匹黄色的母马。”秦穆公立即派人把马牵来，一看，却是黑色的公马。穆公很不高兴，责怪伯乐：“你推荐的相马人，连马的颜色和公母都搞不清，又怎么能识别特殊的千里马呢？”

伯乐听了，竟赞叹道：“九方皋相马的技术竟达到了这种地步，这正是他比我高明的地方啊！他这是不辨公母、不分毛色，只看马的风骨与精神。他所看到的是马的禀赋，而不是它的表象；他注意的是马的品质，而不是它的外表；他只看他所需要看的，而不看他所不必看的；只观察到他所应该观察的，忽视了他所不必观察的。像他这样相出的马，才是无比珍贵的千里马啊！”

后来经过试验，九方皋所相的马果然是天下少有的千里马。

慧言箴语

看问题时抓住问题的重点，有所舍弃，将获得的感性材料去伪存真，去粗取精，才能把握住问题的本质，得到真正有价值的东西。

鬼斧神工

梓庆削木为鐻，鐻成，见者惊犹鬼神。

——庄子《庄子·达生》

春秋时期，有一个名叫梓庆的木匠，他技艺高超，制作出的木器精巧而耐用。这天，他雕琢了一把木头锯子。这把锯子造型美观，每一个见过这把锯子的人无不叹为观止。大家都不相信是梓庆做的，都认为只有鬼神才能做出这种极品。

鲁国国君听说后，也跑来欣赏。他很惊奇，也不相信这是人工做出来的，于是问梓庆："你是不是会法术？这把锯子是不是用法术做成的？"梓庆笑了笑，说："我不过是一个普通人，怎么会懂法术呢？"鲁国国君不相信他的话，接着又问："那好，你告诉我它的制作过程。"梓庆回答说："做这把锯子之前，我先养神静气。斋戒三天，以获得内心平静；然后再斋戒五天，使自己去掉杂念，忘掉技巧；接着再斋戒七天，这时我已经忘记了自己的存在，已经能做到'不以物喜'。外界没有任何东西能够影响到我的技艺了。然后，我会去森林中寻找制作锯子的原料。只要选好木料，锯子也差不多完成了，只需要加工就可以了。做任何木器，都要经过这样一个过程。我想这大概就是制作出来的木器好像神工鬼斧一样的原因吧，以一颗纯真的心，加上木料的自然天性，制作出精巧的木器也就不奇怪了。"

国君听完这番话后，恍然大悟，这才明白了何为"鬼斧神工”。

慧言箴语

保持内心的清净，不受世俗的干扰，集中精神专注于自己的事业，这种境界也是为人处世的最高境界，值得我们穷其一生去努力追求。

狗恶酒酸

宋人有酤酒者，为器甚洁清，置表甚长，而酒酸不售。问之里人其故。里人曰：“公之狗猛，人挈器而入，且酤公酒，狗迎而噬之，此酒所以酸而不售也。”

——《晏子春秋·内篇问上》

宋国有个卖酒人，他总是将酒铺打扫得很干净，酒壶和酒杯也都很清洁，门口卖酒的招牌也十分引人注目。可是尽管这样，店铺的生意却很不好，一天到晚都冷冷清清的，没有几个人来买酒。他的酒卖不出去，慢慢地都变酸了。

卖酒人百思不得其解，就请邻居帮他分析原因。邻居说：“人家都是怕你的恶狗。恶狗守在门口，见人就咬，酒再好，还有谁敢来买呢？”卖酒人这才恍然大悟。

慧言箴语

一条猛犬，便使得酒家生意萧条。这说明，要成功地做好一件事，必须考虑周全，不忽视任何一个细微之处。

从善如流

君子曰："从善如流，宜哉！"

——左丘明《左传·成公八年》

春秋时期，诸侯林立，其中郑国是个小国，夹在楚、晋两个大国之间。

郑悼公时，郑国同北方以晋国为首的其他各国签订了盟约。结盟的第二年，南方的楚国就来攻伐郑国。晋国便派栾书率领大军前去援助郑国，两军在绕角（今河南鲁山县东南）遭遇。楚军不敢同晋军对敌，便撤了回去。但晋军并不撤走，还准备趁机侵入楚国的蔡地（今河南上蔡县一带）。楚国得知这个消息，就立刻调动附近申、息二地的精锐部队，准备迎击。这时，晋将赵同、赵括仗着兵力优势，欲挥军南下，占领蔡地，因此催请栾书赶快下令进攻。就在栾书准备同意的时候，中军佐知庄子、上军佐范文子和中军将韩献子三人却提出了不同意见。

他们一致认为："我们当初出兵是为了援救郑国，反对侵略，是正义之师。现在进犯的楚军既已撤退，我们却借此攻蔡，这样我们就要承担不义的罪名。而且，楚国现在派来的是两支精锐部队，我们这一仗也不一定能打胜。不管打胜还是打败都对我们晋国不利，若打赢了这一仗，别人会说以晋国的大军，去打楚国两个小地方的部队，不是白白浪费人力吗？如果失败了，晋军便会名誉扫地，还有何面目回去见晋王和晋国的百姓？所以和楚国的这一仗不能打。"

栾书考虑了他们三人的意见，沉吟再三觉得他们讲得很有道理，便决定停止攻蔡地，撤军回晋。过了两年，晋国又派栾书领兵去攻打蔡地，这一次晋军大获全胜，还抓获了楚国的大夫申骊。栾书原本打算继续向楚国本土进军，知庄子、范文子等人知道后，纷纷劝告他应该先进攻沈国，栾书分析了具体情况后认为有道理，便改变了作战计划。随后，晋军进攻沈国，把沈国的国君揖初都抓来了，因为这次晋军准备充分，楚国对晋军也无可奈何。人们认为，晋军这次能取得这么大的胜利，就是因为栾书上次听从了知庄子、范文子和韩献子等人的良言。

其实在晋军第一次准备南侵攻蔡的时候，绝大多数将士都表示同意，而栾书却听了少数人的意见。有个将士就问栾书："圣人都听从多数人的意见，所以能成大事。现在我们六军将佐十二人，除元帅以外的十一人中，只有三人不主张攻蔡。您为什么不听从多数而听从少数人的意见呢？"

栾书说："他们三人的意见都很正确，正确的意见，就是真正代表多数人的意见。我听从他们的正确意见，难道不对吗？"

慧言箴语

"少数服从多数"是我们现实生活中经常遵循的一项准则，但这项准则并非永远正确，有时候"真理往往掌握在少数人手中"，因此这就需要决策者有足够的远见。现实生活中，虚心接受别人提出的正确意见，是非常必要的。

混沌开窍

南海之帝为倏，北海之帝为忽，中央之帝为混沌。倏与忽时相与遇于混沌之地，混沌待之甚善。倏与忽谋报混沌之德，曰："人皆有七窍，以视、听、食、息，此独无有，尝试凿之。"日凿一窍，七日而混沌死。

——庄子《庄子·应帝王》

从前，掌管南海的大帝叫倏；掌管北海的大帝叫忽；在南海和北海中间有一个地方，这个地方的大帝叫混沌。倏和忽经常到混沌那里聚会，混沌每次都热情地款待他们。倏和忽很感激混沌的友善，总想用什么办法报答他。

倏跟忽商量了很久后说："人都有眼、耳、鼻、口、七窍，用来看、听、吃食物、呼吸，可是混沌却一样也没有，不如我们就为他凿开七窍吧。"

于是他们就开始为混沌凿七窍。当他们凿开混沌的鼻孔时，混沌鼻血大流。可是他们仍继续凿着。当七窍全凿通时，混沌却因为流血太多而死了。

倏、忽给混沌开窍，本是好意，但混沌的生命之门就在于他的不开窍。给他开了七窍，即使不被凿死，也不再是混沌了。

慧言箴语

做任何事情都要认清对象，遵照规律，否则就会好心办坏事，弄巧成拙。

竭泽而渔

竭泽而渔，岂不获得？而明年无鱼。

——吕不韦《吕氏春秋·义赏》

晋公子重耳于公元前636年重回晋国，即位为晋文公。当时楚国的实力很强大，曹、卫、陈等诸侯国都屈服于它，但宋国却不肯屈服于楚而偏向晋。楚威王大怒，便准备发兵攻打宋国都城商丘。宋成王情知不妙，便向晋文公求救。晋文公接到求救书后便与其舅父狐偃商议，狐偃说：“援救宋国能够提高我们晋国的威望，所以我们应该去打这一仗。”晋文公问：“我们晋国兵力弱小，楚国实力强大，那我们怎样才能战胜楚军呢？”狐偃回答说：“讲究礼节的人不会害怕烦琐，善于打仗的人不会讨厌欺诈。如果用欺诈的方法，我们就能够取胜。”

晋文公对此心怀疑虑，于是又找来大臣雍季商议。雍季认为狐偃所提出的方法并不妥当，他说：“如果一个人将池塘里的水全部放干来捉鱼，他当然能将池塘里的鱼都捉光，但第二年就再也捉不到鱼了；如果一个人把山上的树木全部烧光来捕捉野兽，他的收获会很大，可是第二年就不会有什么收获了。同样的道理，欺诈的方法用一次能成功，用多了也就没用了。”

慧言箴语

最终，晋文公还是采用了狐偃的妙计解了宋国之围。在此事中，雍季虽显得过于谨慎，但他所提出的“竭泽而渔”还是很有警示意义的。所谓欺诈，无非就是透支别人的信任来换取实际利益，但如果屡屡使诈，别人就会层层设防，再也不会上当了。

扶摇直上

鹏之徙于南冥也……抟扶摇而上者九万里。

——庄子《庄子·逍遥游》

从前有一种鱼叫作鲲，它可以幻化成鸟，这种鸟叫作鹏。鹏鸟的体形健硕、背宽翅大，据说在飞行时，鹏鸟滑过水面溅起来的水花足有三千里，羽翼拍打旋风就可以直上九万里的高空。鹏鸟的理想就是乘风振翅高飞九万里飞向南海，而斑鸠和蝉却嘲笑鹏鸟的理想，它们想飞的时候会飞起来看一下，遇到树枝就会在上面休息；如果在飞行时遇到障碍，它们就会回到地面。它们不懂得鹏鸟为什么要高飞九万里而到南海。

有一种叫朝菌的生物，它一见太阳光就会死掉，所以，它永远不知道一天的时光会有多精彩；还有一种春生夏死的虫子叫蟪蛄，它也永远不会明白一年四季的时光有多漫长。传说中，楚国有一只灵龟，五百年对它来说相当于一个季节；上古时代的一棵椿树，八千年才经历一季；有个叫彭祖的人活了八百年。与朝菌和蟪蛄相比，彭祖度过的时光确实非常漫长，可是，与灵龟和椿树的寿命比起来，彭祖的一生又算得了什么呢？由此看来，鹏鸟那种一飞冲天、扶摇直上的理想只有它自己清楚，斑鸠和蝉是不会了解的。

慧言箴语

鲲鹏之所以能够扶摇直上，是与其宏大的志向、长久的

晋文公召大臣议事

积累、坚持不懈的追求分不开的。安于现状的蝉和斑鸠永远也体会不到一飞冲天的快乐，这也注定了它们一生只能停留在枝头，抬头仰望蓝天。扪心自问，在现实生活中，你有没有一番鲲鹏之志呢?

詹何钓鱼

詹何曰："曾闻先大夫之言，蒲且子之弋也，弱弓纤缴，乘风振之，连双鸧于云际，用心专，动手均也。臣因其事，放而学钓，五年始尽其道。当臣之临河持竿，心无杂虑，唯鱼之念，投纶沈钩，手无轻重，物莫能乱。"

——列子《列子·汤问》

楚国有位钓鱼高手名叫詹何。他的钓鱼工具很特别：钓鱼线是一根单股的蚕丝绳，钓鱼钩是用细针弯曲而成的，钓鱼竿是一种很细的竹子，饵料就是把饭粒剖成两半。凭借着这些工具，詹何不论是在百仞的深渊中，还是激进的河水中，都能钓到很多鱼。而他的钓鱼线却不会断，钓鱼钩也不会直，甚至连钓鱼竿也没有一丝一毫的弯曲！

楚王听说了詹何的钓技后，十分惊奇，把他召进宫来，问他垂钓的诀窍。詹何说："我听父亲说，以前在楚国有个射鸟能手，名叫蒲且子。他用的弓很轻，弦也很细，但是箭顺着风势射出去，一箭就能射中在高空的黄鹂鸟。父亲说，这是因为他用心专一、用力均匀的缘故。于是，我学着用他的这个办法来钓鱼，花了五年的时间，终于精通

蝉止于树

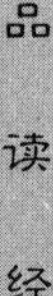

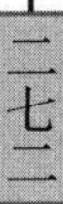

了这门技术。每当我来到河边钓鱼时，我都会全神贯注地只想着钓鱼。在抛出钓鱼线、沉下钓鱼钩时，我会做到手上的用力不轻不重，丝毫不受外界的干扰。这样，鱼儿见到钓饵，就会以为是水中的污泥和泡沫，于是会毫不犹豫地吞食。我在钓鱼时，就是这样以弱制强、以轻取重的。”

名家典籍

列子与庄子、文子、亢桑子分别被称为冲虚真人、南华真人、通玄真人、洞灵真人。道教尊之为“四大真人”。

慧言箴语

做任何事情都要专心致志、一丝不苟，不仅要善于吸取前人经验,还要用心去发现和运用事物的客观规律。只有这样，才能取得显著的成效，获得成功。

旷日持久

今得强赵之兵，以杜燕将，旷日持久数岁，令士大夫余子之力，尽于沟垒。

——刘向《战国策·赵策四》

荣蚠是战国时期燕国人，他英勇善战，被燕国国王封为高阳君，并被派去攻打赵国。赵王素知荣蚠的勇猛，得到消息后立即召集群臣商议对策。

赵胜当时是赵国国相，他想出了一个办法，说：“齐国有一个叫田单的将领，谋略过人，智勇双全。如果我们能说服齐王让田单来带领赵军作战，那一定能取胜。”赵王问：“那怎样才能说服齐王呢？”赵胜说：“如果能割三座城给齐王，齐王肯定会同意。”大将赵奢不同意赵胜的建议，便站出来说：“仗还没打就要先割让城池，这怎么能行？我们赵国也有不少大将擅长领兵，比如我就很熟悉燕军的作战情况，为什么不派我去呢？而且谁都不能保证田单带领赵军出战就一定能获胜；更何况齐国一直认为赵国是他们成就霸业的最大阻碍，所以就算田单确实有过人本领，他也不一定会为赵国出生入死；再者，即使田单上了战场，他肯定会故意拖延时间，将赵军牵制在战场上，这样长期下去我们赵国就会白白耗费粮饷。不管从哪方面看都对赵国不利！”

赵王不听赵奢的意见，仍然坚持请田单帮忙领兵，果然后来赵军一直被牵制在战场上，陷入了一场“旷日持久”的消耗战。

慧言箴语

古往今来，旷日持久的战争都是对参战双方国力的巨大消耗，因此，两国交战时双方都希望速战速胜。同样，我们做事情都要干脆利索，不要总是在无关痛痒的问题上纠缠不清，否则得不偿失，导致许多应该做的事情却还没有做！

守株待兔

宋人有耕者。田中有株。兔走触株，折颈而死。因释其耒而守株，冀复得兔。兔不可复得，而身为宋国笑。

——韩非《韩非子·五蠹》

战国时期，宋国有个农民。有一天，他下田干活，毒辣辣的太阳晒得他大汗淋漓。他于是放下锄头，到田边的一棵大树下歇息。忽然，有一只兔子猛跑了过来，正好撞在了他旁边的树桩上，结果因脖子撞断而死。农民连忙捡起兔子，掂了掂，有好几斤重呢。没费一点儿力气，就白得了这么一只大兔子，农民高兴极了，心想：这回可以美美地吃上一顿了。

晚上，他把兔子拿回家。家里人也很高兴，一家人不仅吃了兔肉，还准备把兔皮拿到集市上卖点钱花。于是，这个农民就异想天开起来：要是每天都能碰上这样的好事，该多好啊！我就不用那么辛苦地种田锄地了，还能有肉吃、有钱花。

第二天，他很早就到了田里。可是这次他不是锄草，而是径直来到昨天倚靠的那棵大树下，坐在那里等兔子跑过来撞死。结果，他白等了一天，连兔子的影子都没见到，最后垂头丧气地回去了。

第三天，他又来到树下等，结果还是一无所获。

就这样，他什么活也不干了，每天都坐在树下等兔子的出现。结果，自己的田荒芜了。转眼到了秋天，他颗粒无收，也再没等到过撞死的兔子。

慧言箴语

切不可把偶然的侥幸当成做事的依据，如果抱着侥幸心理，一味凭老经验办事，是很难成功的。

多行不义必自毙

多行不义必自毙，子姑待之。

——左丘明《左传·隐公元年》

春秋时期，郑武公娶武姜为妻，生了郑庄公和共叔段。武姜厌恶庄公，想立共叔段为太子，就屡次向武公提出请求，但武公就是不许。

庄公继位后，武姜又替共叔段请求把“制”这个地方封给他。庄公说：“‘制’是个险要的地方，虢叔就曾死在那里。您换个地方吧，只要是其他的地方，我都会照您的吩咐去办。”于是武姜请求把“京”封给共叔段，庄公同意了。共叔段到了那里，便开始招兵买马，制造兵器，扩展都邑。

大夫祭仲对庄公说：“一国之中的都邑不应该太大，如果高一丈的都邑，城墙周长超过三百丈，就有可能威胁到国君的地位，而成为国家的祸害。先王的制度规定，大都邑的大小不超过都城的三分之一，中都邑的大小不超过都城的五分之一，小都邑的大小不超过都城的九分之一。现在‘京’城的大小不合规定，这有悖于先王的制度，您将来怎么控制呢？”庄公说：“母后要这样，我也没有办法，但是怎么做才能避免祸患呢？”祭仲回答说：“武姜哪有满足的时候！不如趁早给共叔段另外安排个地方，不要让他的势力蔓延开去。如果蔓延开去，就很难对付了。您想，蔓延的野草都不容易铲除，何况是您娇宠的弟弟呢！”庄公说：“我现在没办法这么做。但不义的事做得多了，一定会自取灭亡的，我们就等着看吧。”

不久，共叔段又要求西部和北部的边邑也要归于他的管辖。大夫公子吕对庄公说：“一个国家不能容忍由两个主宰者共同控制的局面，您打算怎么处理这种情况呢？您如果要让位给共叔段，那就请您允许我去侍奉他，如果不是这样，那就请您除掉他，不要使老百姓有二心。”

庄公说：“用不了多久，共叔段就会自食其果的。”

共叔段进而收取这些两属的地方作为自己的封邑，并将领地一直扩展到廪延。公子吕再次对庄公说道：“您早点动手吧，否则，等共叔段的地盘扩大了，跟从他的人会更多地。”

庄公说：“没有正义，就不能团结人。土地越扩张，越会走向崩溃。”

共叔段加固城墙，积聚粮草，铸造武器，充实军队，打算偷袭郑国都城，武姜也准备打开城门做内应。庄公探知了他们约定动手的日期，就命令公子吕率领二百辆战车去攻打“京”城。“京”城的人都起来反对共叔段，共叔段被迫逃进鄢地，庄公就追到鄢地。后来，共叔段逃奔到共国。庄公也把母亲武姜软禁起来，扫除了执政的绊脚石。

慧言箴语

共叔段利令智昏，狂妄愚蠢，最终自取灭亡；郑庄公运筹得当，善于把握时机和分寸，最终成为这场政治斗争的赢家。所以做事情的时候，一定要认清形势，把握尺度，不要做出格的事，否则，“多行不义必自毙”。

心不在马

对曰:“术已尽,用之则过也。凡御之所贵,马体安于车,人心调于马，而后可以迅速致远。今君后则欲逮臣，先则恐逮于臣。夫诱道争远，非先则后也；而先后心皆在于臣，上何以调于马？此君之所以后也！”

——韩非《韩非子·喻老》

赵国的国君赵襄主曾向王子期学习驾车的技术。他刚学没多久，就感觉自己掌握了这门技术，于是提议与王子期进行一次比赛。

比赛开始了，王子期远远地领先于赵襄王；而赵襄王换了三次马，却还是落后。赵襄王以为自己之所以落后，是因为王子期并没有把所有技术都教给自己，于是不高兴地说：“你教我驾车，却对我有所保留，并没有把技术全都教给我。”王子期说：“我已经把技术全教给您了，并没有一丝一毫的保留和隐瞒啊！”赵襄王说：“既然如此，为什么在比赛时我会输给你呢？”王子期回答道：“那是因为您运用的不对。若想很好地驾驭马车，首先要把马很舒适地套在马车上；更重要的是，赶车人的心思要集中在调理马上。只有把心思放在马的身上，才能更好地驾驭它，从而使它跑得快。在今天的比赛中，您落后时，就一心想追上我；领先时，又恐怕被我追上。您不论领先还是落后，心思都在我身上，怎么能很好地调理马呢？这才是您落后的原因啊。”

赵襄王听了他的一番话，才知道了自己失败的原因。

慧言箴语

做事情的时候，要把心思和精力集中在所做的事情上。只有全心全意、不急功近利，才能获得成功。

老马识途

管仲、隰朋从于桓公伐孤竹，春往冬反，迷惑失道。管仲曰：“老马之智可用也。”乃放老马而随之。遂得道。

——韩非《韩非子·说林上》

有一年，北方的山戎国侵略燕国。燕国国君向齐国求救，齐桓公亲率大军救助，管仲和隰朋也一起跟随齐桓公出征。

齐桓公的军队赶到燕国时，山戎国的军队已带着掠夺的财物，逃到东部的孤竹国去了。齐桓公命令军队继续追击。山戎国和孤竹国的军队听说齐军来了，吓得躲进了深山老林中。齐桓公顺着敌人的踪迹追进深山，将他们一一击溃。当齐军要返回齐国时，却在深山中迷路。因为齐军来的时候是春天，山青水绿，道路容易辨认。而返回时已是冬天，白雪皑皑，山路弯曲多变，所以走着走着就辨不清方向了。

这时，管仲说："不要紧，老马可以做我们的向导，它们认得路。"

齐桓公立刻让人挑选了几匹老马，放开缰绳，让它们在前随意地走，军队跟在马的后边。没多久，在几匹老马的带领下，齐军果然走出了山谷，找到了回齐国的路。

管仲知道老马识途，还得益于他早年的经历。管仲年轻时家里很穷，经常要靠鲍叔牙家的接济度日。他母亲不愿长期依靠别人，就要管仲出去做点生意补贴家用。于是，管仲就和鲍叔牙一起外出经商。他俩聪明能干，渐渐摸清了做生意的门道，在外面跑了几年，每一趟都能赚点钱回来。

有一年，管仲在外面买了一匹高大的好马，这匹马浑身墨黑，唯有四蹄如雪，卖马人叫它"雪里站"。管仲有了这匹好马，心里十分高兴，这匹马虽不能日行千里，也能每天跑八百里路。鲍叔牙也买了一匹良马，但次于"雪里站"。

有一次跑生意，两人住在一家客店，结果当晚客店遭遇了盗贼，店老板家的东西都丢了，二人的宝马也被偷了。虽然报了官，但两三天过去了，还是杳无音信。二人很沮丧，准备近期就回家去。

这一天，管仲、鲍叔牙正闷坐店中，忽听附近有马"咴儿咴儿"的叫声，二人出门一看，原来竟是自己被盗的马。

他们又高兴又纳闷，高兴的是宝马失而复得，纳闷的是马怎么自己跑回来了呢?

管仲、鲍叔牙回到家中，把宝马失而复得的事向鲍父和管母说了一遍，并问是何原因。两位老人见多识广，对管仲、鲍叔牙说：“这有什么奇怪的，俗话说‘猫记千，狗记万，老母鸡还记二里半’，何况是匹宝马良驹。”

慧言箴语

老马识途，短短四个字道出了经验的重要性。在实际的摸爬滚打中所学到的东西要比从书本上学到的东西强上几百倍。光学书本知识是没有用的，赵括纸上谈兵就是很好的教训。

冒天下之大不韪

犯五不韪而以伐人，其丧师也，不亦宜乎?

——左丘明《左传·隐公十一年》

春秋时期，郑国是一个姬姓诸侯小国，故址在今河南省中部地区。

郑国虽然国土不大，但在春秋初期，郑伯依仗是周王室的近族，郑国地理位置又很重要，还真威风了一阵子。对待几个强大的诸侯国，郑伯多方周旋，能屈能伸，尽量跟它们搞好关系；而对待周围的几个小国，却常常摆出一副长者架势，轻则教训一番，重则兴师问罪，甚至干脆把它们灭掉，完全是强硬的霸主姿态。但是因为当时郑国的实力很强，一些小国也只能忍气吞声，敢怒不敢言。

息国（今河南罗山县一带）是郑国的一个邻近小国，论起来两国算得上是兄弟之邦。息国的实力虽比郑国弱，但也是一个气焰嚣张的国家。息国是侯爵的封地，可能也就凭这一点，息侯有些目中无人，偶尔也出去欺负更弱小的国家。因此，他根本不把郑国放在眼里，动不动就制造事端，和郑国对着干。

有一年，郑、息两国又因为一点儿小事起了争端。两国都不肯吃亏，所以矛盾越闹越大，到了兵戎相见的地步。息侯本来就看不起郑国，认为自己的爵位比郑伯要高，区区郑伯怎敢和自己过不去，所以一看事情发展到了这步田地，也不采取谈判协商的方式来解决事端，就直接率领大军奔赴郑都。郑伯也不甘示弱，在国内积极备战，还没有等到息侯的军队进到郑国的边境就把它打了个落花流水！

息侯被打败后很气愤，但他根本就没仔细想想，那时国与国之间的争斗完全靠的是实力，哪里是靠什么爵位。就连周天子也得看这些诸侯国的脸色过日子，更何况一个小侯爵？

《左传》的作者左丘明说，通过这件事，人们就能预见到息国很快就会灭亡。息国进攻郑国，犯了五条禁忌（即所谓的“五不韪”）：第一是不度德，就是不衡量一下自己有多大的德望；第二是不量力，不考虑自己有多大的实力就出兵；第三是不亲亲，就是不想一想自己和郑伯原本是同姓兄弟，不顾及亲情；第四是不征辞，就是不想一想有什么正当理由就出兵；第五是不察有罪，就是不认真地检讨自己的过失。犯了这五大忌，被打败也就理所当然了。

从上面的这几条禁忌来看，息侯出兵郑国可真是做了一件所有人都觉得不对的事情啊！果然没过几年，息国就被楚国灭掉了。

慧言箴语

息侯狂妄自大，敢冒天下之大不韪，发兵进攻比自己强大的郑国，结果惨败而归。“识时务者为俊杰”，聪明的人一般先会认清形势，审时度势，然后再采取行动。从这个方面看，息侯不能算聪明人。时至今日，仍然有像息侯一样看不清形势的人，他们应该从这个故事中有所借鉴。

抱薪救火

苏代谓魏王曰：“欲玺者段干子也，欲地者秦也。今王使欲地者制玺，使欲玺者制地，魏氏地不尽则不知已。且夫以地事秦，譬犹抱薪救火，薪不尽，火不灭。”王曰：“是则然也。虽然，事始已行，不可更矣。”

——司马迁《史记·魏世家》

战国末期，秦国连连向魏国发动大规模进攻，魏国无力抵抗，大片土地都被秦军占领了。公元前273年，秦国又一次向魏国出兵，势头空前猛烈。魏王在情急之下把大臣们召来，商议击退秦兵之策。

大臣们绞尽脑汁，也想不出什么好办法。无奈之下，很多大臣都劝魏王献出一些土地向秦王求和。谋士苏代极力反对，他对魏王说：“万万不能割地求和啊！如果把大片土地割让给秦国，虽然暂时满足了秦王的野心，使其退兵，但秦国的欲望是无止境的，不久以后还会向魏国要土地，直到把我们的土地都割完了，秦王才会罢休。”魏王说：“果真有你说得这么严重吗？”

苏代说：“有这样一个故事：从前有一个人，他的房子起火了，别人劝他快用水去浇灭大火，但他不听，偏抱起一捆柴草去救火，结果不但没把火灭掉，反而助长了火势。现在如果用魏国的土地去求和，不就等于抱着柴草救火吗？不仅不能解决问题，反而会助长秦王的嚣张气焰。”

尽管苏代讲得很有道理，但是胆小的魏王只顾眼前，最终依了大臣们的建议，割让了大片土地给秦国。没过多久，秦军果然又向魏国大举进攻，魏国终于被秦国灭掉了。

慧言箴语

好的方法是成功的一半。如果用错误的方法去消灭祸害，只能使祸害扩大。

攲器的启示

孔子观于鲁桓公之庙，有攲器焉，孔子问于守庙者曰："此为何器？"守庙者曰："此盖为宥坐之器。"孔子曰："吾闻宥坐之器者，虚则攲，中则正，满则覆。"孔子顾谓弟子曰："注水焉。"弟子挹水而注之。

——荀子《荀子·宥坐》

春秋时期，孔子带着学生到鲁桓公的祠庙里参观。孔子看到了一个形状奇特的器皿，倾斜地放着，就问守庙人："请告诉我，这是什么器皿？"守庙人说："这是攲器，是放在座位右边，用来警戒自己的器具，如'座右铭'一般用来伴坐。"孔子说："我听说这种器皿在没有装水或装水很少时，就会倾斜；水装得适中，不多不少的时候，就会很端正；如果里面的水装得过多，它就会翻倒。"

说着，孔子回过头来对他的学生们说："你们往里面倒些水试试看吧！"学生们听后都舀来了水，一个个慢慢地向这个器皿里灌水。果然，当水装得不多不少的时候，这个器皿就端端正正地立在那里。不一会儿，水灌满了，它就翻倒了，里面的水流了出来。再过了一会儿，器皿里的水流尽了，它就又恢复了原来倾斜的样子。这时，孔子长长地叹了一口气说："世界上哪里会有太满而又不倾覆翻倒的事物啊！"

名家典籍

荀子，名况，字卿，战国末期儒家学派的大师，是我国古代杰出的唯物主义思想家、教育家。

慧言箴语

做人必须谦虚谨慎，不能骄傲自满，“谦受益，满招损”。凡骄傲自满的人，没有不失败的。

纪渻子养斗鸡

纪渻子为王养斗鸡。十日而问：“鸡已乎？”曰：“未也，方虚憍而恃气。”十日又问，曰：“未也，犹应响景。”十日又问，曰：“未也，犹疾视而盛气。”十日又问，曰：“几矣。鸡虽有鸣者，已无变矣，望之似木鸡矣，其德全矣，异鸡无敢应者，反走矣。”

——庄子《庄子·达生》

周宣王特别喜欢斗鸡，一天，他给纪渻子一只斗鸡，让他为自己驯养。

刚过了十天，周宣王就急切地问：“鸡驯好了吗？”纪渻子说：“不行，这鸡的性情还太浮躁。”

又过了十天，周宣王又问，纪渻子摇了摇头，说：“还是不行，这鸡听见别的鸡叫，它也跟着叫；看见别的鸡的影子，就乱跳一气。它的品行还没有达到最好。”

又一个十天过去了，周宣王又问，纪渻子叹了口气说：“还是不够沉稳。”周宣王听说鸡还是没有驯好，有点不高兴。

十天后，周宣王不耐烦地问："还没驯好吗？"纪渻子说："可以了。即使别的鸡在它身边打鸣，它也没有任何反应，看上去像木鸡一样，呆呆的。别的鸡见它沉着的样子，没有敢于应战的，只有落荒而逃。"

慧言箴语

纪渻子驯养的斗鸡之所以能够不战而胜，是因为斗鸡的性情由争强好胜转变成了沉着冷静。这告诉我们，只有真正沉着冷静的人，才能临危不乱、处变不惊，取得最终的胜利。

携技去越

鲁人身善织屦，妻善织缟，而欲徙于越。或谓之曰："子必穷矣。"鲁人曰："何也？"曰："屦为履之也，而越人跣行；缟为冠之也，而越人被发。以子之所长，游于不用之国，欲使无穷，其可得乎？"

——韩非《韩非子·说林上》

春秋时期，鲁国的都城里住着一对夫妻，丈夫会编草鞋，妻子织得一手好绸子。夫妻二人兢兢业业，日子过得还不错。

他们听说越国是个鱼米之乡，就想到越国去谋生。当他们正收拾行李准备上路时，正赶上朋友来他家做客，朋友问："你们这是要去哪儿啊？"丈夫说："我们要去越国，听说那是个好地方。"朋友说："到了那里，你们人生地不熟，连房子和田地也没有，怎么生活呢？”丈夫笑了笑，说：“你忘记了，我们有手艺啊！我会编草鞋，她会织绸子，我们在越国也一样可以生活得很好啊。”朋友听了，忙劝说他们：“你们还是好好地待在这里吧，如果去了那里会受穷的。”

夫妻俩很疑惑，问道：“为什么这么说？难道我们的手艺还不够好吗？”朋友说：“我问你，你们编的草鞋和绸子都是干什么用的？”丈夫说：“那还用说吗，草鞋当然是穿在脚上的；绸子当然是用来做帽子，给人戴在头上的。”朋友说：“可是你们知道吗？越国人都是赤脚走路的，他们根本就不穿鞋子。而且那里经常有暴雨，那里的人个个披头散发，从不戴帽子。你们的手艺固然不错，可是到了那里一点儿也用不上，那么你们又靠什么生活呢？”

慧言箴语

在做任何事情之前，一定要先了解客观对象，再制定可行的计划，因为一切知识、才能、技艺，只有符合实际需要，才能得以应用和发挥。

释车而走

齐景公游少海，传骑从中来谒曰：“婴疾甚，且死，恐公后之。”景公遽起。传骑又至。景公曰：“趋驾烦且之乘，使驺子韩枢御之。”行数百步，以驺为不疾，夺辔代之，御可数百步，以马为不进，尽释车而走。

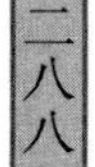

——韩非《韩非子·外储说左上》

晏子是齐国的宰相，辅政几十年，勇谏君过、体恤民众、为政清廉、正直无私，深得景公的尊敬和信赖。

有一次，齐景公去海边游玩。正玩得不亦乐乎的时候，一个侍从骑马飞驰而来，报告说晏婴病得很重，已经奄奄一息了。齐景公听后大惊。不一会儿，又有一个侍从赶来报告说晏婴的病情更严重了，恐怕等不了他回去了。景公更着急了，一面吩咐“立即传最好的御医！”一面说：“快把那匹跑得最快的骏马套上，叫最好的马夫韩枢来驾车！”

侍从们火速做好一切准备，韩枢也已赶到。景公心急如焚，坐车往回赶。车夫不停地挥鞭策马，马已经疾步如飞了，可景公还是嫌慢，不停地催促车夫加快速度。马跑了一段路以后，景公从车夫手里夺过缰绳，亲自驾起了车。刚走了没多远，景公还是觉得马的速度太慢，就干脆跳下马车，徒步奔跑起来。马那么优良，车夫技术又那么高超，难道人能跑得过马吗?

慧言箴语

欲速则不达。如果性急图快，违背了客观规律，反而达不到目的。